マドンナメイト文庫

美叔母と少年 夏の極上初体験

星名ヒカリ

目次

contents

美叔母と少年　夏の極上初体験

プロローグ

（ん……何だ？）

厳しい残暑が続くある日の深夜、用を足して部屋に戻ろうとした森下拓也《もりしたたくや》は、廊下の奥から聞こえてくる物音に耳を澄ました。

（叔母さんの部屋のほうからだ）

眉をひそめ、小首を傾《かし》げながら音のする方向に歩を進める。啜り泣きに近い声がはっきり届いた瞬間、心臓が拍動を打ち、手のひらがじっとり汗ばんだ。

（ま、まさか……）

いったんは足を止めたものの、一度芽生えた好奇心は抑えられない。目つきを鋭くさせた少年は、忍び足で叔母の寝室に近づいた。

襖《ふすま》が微かに開いているのか、隙間から照明の光が洩れている。

（だ、だめだよ……覗き見なんて。バレたら、この家を追いだされちゃう）

中学一年の秋口からいじめを受けた拓也は、三学期に入ると登校拒否になった。

東京から遠く離れた南の島に住む叔母の樹本亜矢子《きもとあやこ》は、引きこもりを拓也の母から聞いて心配したのだろう。山村《さんそん》留学の話を伝え聞かされたときは、暗闇の中にひと筋の光明を見いだした気持ちになった。

留学期間は一年。大好きな祖母、叔母、そして従妹の真美《まみ》と寝食を共にするのだ。

両親の勧めもあり、拓也は今年の春からK島に赴《おもむ》き、村の中学に転入して新生活への再スタートを切ったのである。

山に海、素朴な村民らとの交流やイベントと、自然豊かな離島の環境はいじめのショックを癒やし、少年は日ごとに本来の明るさを取り戻していった。

一年といわず、永住したい気持ちにさえなっていたのだが、好事魔《こうじま》多し。いじめに代わって拓也を苦しめたのが、猛烈な性衝動だった。

夏休みに入ってから下腹部がムラムラしだし、普通に歩いているときですら性欲のスイッチが入ってしまう。淫らな妄想はもちろん、朝から晩まで異性の裸体を思い浮かべ、性的な好奇心はいちばん身近な女性、亜矢子に向けられた。

アーモンド形の目、小さな鼻、ふっくらした唇と、愛くるしい顔立ちはとても三十四歳には見えない。セミショートのボブヘアは清廉な印象を与えたが、前方に張りだしたバストとまろやかな曲線を描くヒップの膨らみがあまりにも扇情的だった。涼しげな微笑を向けられただけで胸が甘く締めつけられ、股間の逸物がズキズキと疼いてしまうのだ。

最初は、病気ではないかと思った。自分は異常性欲者であり、大人になったら性犯罪に手を染めるのではないかと本気で悩んだ。

スポーツや遊びで欲望を発散しようとも考えたのだが、九月に入ってからますますひどくなり、ここのところは勉強にも集中できない。

「あ……あ、あぁン」

叔母の甘ったるい声音《こわね》は、少年の関心を惹くには十分すぎるほどの魅力を放った。喉が干あがり、心臓がバクバクと大きな音を立てる。凄まじい緊張感に四肢を震わせながらも、拓也は襖の隙間にらんらんとした目を近づけた。

(……あっ⁉)

スタンドライトの照明がぼんやりともる室内で、亜矢子が敷き布団の上に仰向けに寝そべっている。パジャマの前がはだけ、ズボンは膝のあたりまで下ろされ、なめらかな右手が股の付け根に潜りこんでいた。

「ン、ンふぅ」

麗しの熟女は湿った吐息をこぼし、腰をくなくな揺らす。ハの字に下がった眉、しっとり潤んだ瞳。これほど色っぽい叔母の顔を目にするのは初めてのことだ。

(あ、あ……オナニーしてる)

自慰行為の知識はあったものの、女性もするものだとは思ってもいなかった。

亜矢子は五年前まで大阪に住んでいたが、夫と離婚し、一人娘の真美を連れて生まれ故郷に帰ってきた。

大人の女性は肉体的な欲求を抱《かか》えており、自ら慰めることもあるのかもしれない。

美しい叔母の乱れ姿に、少年は峻烈な昂奮と驚きを隠せなかった。

(あ……おっぱいが)

合わせ目がずれ、張りつめた乳房がさらけだされる。歪みのいっさいない丸々とした乳丘に、拓也は鼻の穴を目いっぱい広げた。

いかにも柔らかそうな膨らみ、ちょこんと突きでたピンクの突起に胸が騒ぐ。

ライトの明かりが美貌と胸元に陰翳《いんえい》を作り、幻想的な光景を醸しだしていたが、下腹部が暗くてよくわからない。しかも恥部は右手と内腿の柔肉に遮られ、いくら目を凝らしても女の園を確認することはできなかった。

（ああ、見たい、見たいよ。叔母さんのあそこ、どうなってんだ）

好奇心がくすぐられ、焦燥感に駆り立てられる。脳漿が沸騰し、呼吸をすることすらままならない。ハーフパンツの下のペニスはフル勃起し、堪《こら》えきれない欲望が逆巻くように迫りあがった。

慌てて右手で股間を押さえつけても、怒張は萎《な》える気配を見せない。

「ン、はぁあぁっ」

亜矢子が仰け反りざま右手のスライドを速めると、拓也の昂奮は最高潮に達した。

にっちゅくっちゅと卑猥な擦過音が聴覚を、悶絶するよがり姿が視覚をスパークさせる。

（あぁ、叔母さん、叔母さん）

できることなら、すぐに飛びだし、弾み揺らぐ乳房にむしゃぶりつきたい。まだ見ぬ花園に顔を埋《うず》め、匂いを嗅ぎまくり、隅々まで舐めまわしたい。

しなやかな指でペニスを触ってもらったら、どんな感触がするのだろう。考えただけでムラムラが募り、脳みそが爆発しそうになる。

亜矢子がヒップをシーツから浮かし、ひと際高い嬌声をあげると、男の分身にこれまで経験したことのない感覚が走った。

（あ、や、やばい）

鉄の棒と化したペニスが脈打ち、熱い塊《かたまり》が身体の奥から込みあげる。体温が急上昇し、下腹部全体が得体の知れない浮遊感に覆われる。

俯き加減から奥歯を嚙みしめ、ペニスを力任せに握りこんだ瞬間、エクスタシーを告げる熟女の声が耳に飛びこんだ。

「あ、イクっ、イクっ」

ハッとして顔を上げれば、亜矢子は身をアーチ状に反らし、汗の皮膜をうっすらまとった腹部を震わせる。

（あ、ああ）

美熟女はヒップをシーツに落とすや、これまでとは別人のごとく、うっとりした表情で胸の膨らみを波打たせた。

室内がしんと静まり返り、再び緊張感に包まれる。亜矢子の裸体を目に焼きつけたかったが、いつまでも部屋の前に佇《たたず》んでいるわけにはいかない。

拓也は股間を拳で押さえつけたまま、足音を立てぬように自室へ戻っていった。

第一章　従妹のいたいけな秘芽

1

拓也の通う中学は海の近くにあり、校舎のどの教室からもコバルトブルーの海原《うなばら》が見渡せる。

生徒数は百人ほどで、一学年は二組に分かれており、十五人前後のクラスメートはみんな仲がよく、いじめとは無縁な学園生活を送っていた。

大らかな生活環境のせいか、留学してから五カ月が過ぎたが、陰湿なタイプの人間には一人も会ったことがない。

「拓也、俺んち、寄ってくだろ？　今日はいいものを見せてやるよ」

授業を終えて下駄箱に向かう途中、クラスメートの登川潤一郎《とがわじゅんいちろう》が寄り添いざま意味深な笑みを浮かべる。

いたずら好きの彼はいかにもガキ大将という印象を与え、本来なら苦手なタイプなのだが、さっぱりした性格をしており、いちばん仲のいい友人関係を築いていた。

「何だよ、ニヤついて。気持ち悪いな」

「手に入ったんだよ」

「何が？」

「親父の秘蔵のＤＶＤだよ」

耳元で囁《ささや》かれた瞬間、踏みだす足がピタリと止まった。

昨夜の亜矢子の痴態が脳裏をよぎり、意識せずとも鼻息を荒らげる。

「今までのようなボカシが入ったものじゃないぜ」

「……え？」

「無修正だよ、無修正。親父の奴、車のトランクの中に隠してやがってさ。やっと見つけたんだ」

叔母の自慰行為は大きな衝撃を与えたが、秘園を見られなかったことから欲求不満はさらに増していた。

「観たいだろ？」

胸が締めつけられ、早くも海綿体に熱い血流が注ぎこむ。

心臓が早鐘を打ち、吹きすさぶ性欲に抗《あらが》えない。コクコクと頷《うなず》いた瞬間、真横からソプラノの声が響き、拓也は思わず身を竦ませた。

「こら！　また悪さをしようってんじゃないでしょうね！」

「え、絵理《えり》先生」

横目でうかがえば、白衣を着た保健教諭の尾崎《おざき》絵理が腰に手を当てて佇んでいる。

セミロングの黒髪、猫の目のようなクリッとした目、スッと通った鼻筋に薄くも厚くもない唇。洒落《しゃれ》たメガネをかけた美形タイプの女性はすらりとした身体つきをしていたが、出るところは出ており、異性としての魅力を存分に発していた。

ひとまわり年上の旦那さんは遠洋漁業の仕事に従事しており、子供はいない。

となりの家に住む彼女は亜矢子と同い年の幼馴染みで、夫が家を空けたときは遊びにきたり泊まっていったりと家族ぐるみのつき合いをしていた。

「何を話してたの？　拓也くんを、悪の世界に引きずりこむつもり？」

「あ、絵理先生、ひどいな。俺が、そんなことする人間に見える？」

「見えるから、言ってるの」

ピシャリとはねのけられ、潤一郎はバツが悪そうに頭を掻いた。

「もう二年生になったんだから、そろそろ落ち着かなきゃだめよ」

絵理ははっきりした口調でたしなめたあと、颯爽《さっそう》とした足取りで目の前を通りすぎていく。

香水の甘い匂いがふわんと香り、小鼻がひくついた。

「絵理先生には、すべてお見通しみたいだな」

「……どうする？」

「どうするも何も、中止するわけないだろ。お前だって、観たいだろ？」

「そりゃ、観たいけど……」

「だったら、早く行こうぜ。長居は無用だ」

潤一郎が先立って歩きはじめると、拓也は肩越しに絵理の様子をうかがった。

腰の位置が高く、白衣の下のヒップが左右にふるふると揺れている。

（この島に来たときはすごくきれいな人だと思ったけど、やっぱり叔母さんの魅力には敵《かな》わないよな）

女性教師の残り香《が》を胸いっぱいに吸いこんでから、少年は足早に悪友のあとを追った。

2

亜矢子の家は昔ながらの平屋だったが、潤一郎の自宅は都会でもよく見られる戸建ての一般住宅だった。

彼の自室は六畳と決して広くはなかったが、ゲーム機が何台も揃っており、大型テレビにステレオと、いつ遊びにきても飽きさせない。

「まったく、俺はいつも悪者にされるんだから、たまらないよ。お前も、きちんと否定しろよ」

「……ごめん」

「まあ、いいさ。それより、あれは試してみたのか?」

「あれって?」

「これだよ、これ」

潤一郎はニヤリと笑い、目の前で手筒を上下させる。拓也は頬を染め、気まずげに俯いた。

「そ、そんなこと」

「なんだ、まだやってないのか。奥手なんだな。チ×ポが、ムズムズしないのか？」

「そりゃ、するけど」

もちろん性的な好奇心は収まらないし、自慰行為にも興味はあるのだが、罪悪感のほうが先に立ち、何度も自制してきたのだ。

「射精した瞬間は、天国に行くような感覚だぞ。あぁ……絵理先生に童貞を奪ってほしいよ。自分の手だけでもあれだけ気持ちいいんだから、セックスはどれだけの快感を与えてくれるんだろうな」

悪友の目が虚《うつ》ろと化し、遠くの一点を見つめだす。

そもそも拓也は三月の早生まれで、四月生まれの潤一郎とはほぼ一年の差がある。来年の今頃は、自分も彼と同じ状況に立たされているのだろうか。

頭の隅で思った直後、潤一郎はリモコンを手に取り、テレビとレコーダーの電源をオンにした。

「おっと、のんびりしてられないや。さっさと車のトランクに返しておかないと、親父にバレたら大変だからな」

「DVDは、もうセットしてあるの？」

「ああ、昨日は朝方までセンズリしてたからな。そのままにして、寝ちゃったんだ」

レコーダーの再生ボタンが押され、画面に女性の姿が映しだされる。次の瞬間、拓也は心の中であっという声をあげた。

(に、似てる……叔母さんに)

目元や髪形が亜矢子にそっくりで、年格好も三十代前半だろうか。思わず身を乗りだすと、画面が切り替わり、女性が極太のペニスをためらうことなく咥えこむシーンが映しだされた。

口唇の端から大量の涎が溢れ、飴色の肉塊がぬらぬらと濡れ輝いていく。

「あ、あぁ……」

「ふっ、すごい迫力だろ」

頰を窄めて男根を貪《むさぼ》る女性の容貌はやたら悩ましく、亜矢子にペニスを舐められている錯覚に陥った拓也は股間の中心をズキンと疼かせた。

若茎はあっという間に勃起し、ふたつの肉玉が吊りあがる。

男優の性器は目を見張るほど巨大で、包皮が完全に剝けており、スモモを思わせる亀頭、真横に張りだした雁首、ミミズをのたくらせたような静脈と、長さも太さも自分の包茎ペニスとは段違いだ。

ピチャピチャと卑猥な水音が洩れ聞こえ、荒ぶる情動が内から迸《ほとばし》った。

男根が極限まで突っ張り、早くも先走りが溢れているのか、トランクスの裏地にヌルヌルした感触が走った。

床に正座の状態から股間を両手で押さえつけ、猛々《たけだけ》しい欲望を必死に抑えこむ。

「いやらしいなぁ、これ、バキュームフェラって言うんだぜ」

潤一郎が得意げに解説するなか、拓也は苦悶の表情で歯列を噛みしめた。

昨夜の覗き見と同じ感覚に陥り、溜まりに溜まった睾丸の中の樹液が暴れまくる。

(あぁ、や、やばい……あそこが爆発しそう)

友人とエロビデオを鑑賞しながら、下着の中に発射するわけにはいかない。

こんなことになるのなら、潤一郎の言うとおり、オナニーで自家発電しておけばよかった。後悔の念が押し寄せるも、今となってはどうにもならず、全身に力を込めて射精を堪える。

「このあとが、エロいんだぜ。女が大股を押っ拡げて、男がおマ×コをベロベロ舐めまくるんだ。よく観てろよ!」

女性が硬直の逸物を口から引き抜き、ベッドへ仰向けに寝転がる。肉づきのいい足が左右に開かれると、拓也の射精欲求は頂点に達した。

(あ、あ……こ、これがおマ×コ!)

股間の中心に刻まれた縦溝を目にしただけで全身の血が逆流し、ペニスが熱い脈動を開始する。

(あっ、や、やばい！　出ちゃいそう!!)

刺激の渦が自制心を呑みこもうとした刹那、予期せぬ出来事が起こった。

部屋の扉が開け放たれ、女性の甲高い声が響き渡ったのである。

「潤一郎、何やってんの！　全部、知ってんだからね!!」

「ね、姉ちゃんっ！」

「……ひっ！」

背筋が一瞬にして凍りつき、飛び跳ねて目を見開く。室内に現れたのは、潤一郎の三つ年上の実姉だった。

学校帰りなのか、彼女は制服姿のまま部屋に足を踏み入れ、弟の耳を指でつねりあげる。

「いでででっ！　ど、どうしてわかったの!?」

「大きな声で騒いで、外まで丸聞こえよ！　恥ずかしいったら、ありゃしない」

あまりにも唐突な出来事に、昂奮のボルテージは冷や水を浴びせられたように下がっていった。

「あんたには、まだ早いんだから！」

テレビが消され、潤一郎が涙目で許しを請う。

「武士の情けだ。父ちゃんや母ちゃんには、言わないで！」

「何が、武士の情けよ！」

体格のいい姉のど迫力に気後《おく》れし、拓也はただ口をあんぐりするばかりだった。

3

（参った……相変わらず、すごいお姉さんだな。確か、高校で柔道をしてるとか聞いたけど）

すっかり毒気に当てられ、逃げるように潤一郎の家をあとにしたが、暴発は防げたのだから、彼女は時の氏神《うじがみ》だったのかもしれない。

（でも、そのおかげで、おマ×コ……ちょっとしか見えなかったよな。どんな感じだったっけ）

女性器の構造を思いだそうとしても、鮮明には浮かばず、またもやムラムラが募りだす。歩いているうちにペニスがパンツにこすれ、知らずしらずのうちに海綿体が熱い血潮に満たされていった。

「あぁ……また勃《た》ってきた」

淫らなフェラチオだけが脳裏を掠め、火のついた性欲を抑えられない。女優の顔立ちが亜矢子とダブるや、怒張がことさらしなった。

(だ、だめだ。もう我慢できない……やるんだ、オナニーするしかないんだ)

生まれて初めての自慰行為に気分を高揚させ、やや小走りで家に向かう。玄関の引き戸を開けると、真美が待ってましたとばかりに居間から顔を出した。

「お兄ちゃん?」

「あ、うん。ただいま」

小学二年生の従妹が、あどけない笑顔を見せて走り寄る。

つぶらな瞳に頬のふっくらした丸顔はリスを彷彿とさせ、亜矢子に勝るとも劣らぬ魅力的な女性に成長する可能性を感じさせる美少女だった。

「ねえ、いっしょに遊ぼうよ。真美の部屋に来て」

「え……こ、困ったな。お兄ちゃん、ちょっと友だちに連絡しなきゃいけないんだ。それを済ませてからじゃ、だめ?」

ペニスはいまだに激しい脈を打ちつづけ、一刻も早く獣じみた欲望を解消したいのだ。困惑げに答えると、真美はすかさず唇を尖らせた。

「それ、すぐじゃなきゃ、だめなの？」

「そ、そういうわけじゃないけど」

「だったら、あとでいいでしょ。一人で退屈してたんだから」

「一人で？　おばあちゃんや叔母さんは？」

「おばあちゃんはお友だちの家に、ママはあと三十分ぐらいで帰ってくるって連絡があった」

樹本家は海女《あま》の祖母と、村役場の職員をしている亜矢子の生計で成り立っている。

二人とも社交的で家を空ける機会は多かったが、八つの娘に一人で留守番をさせたことは一度もなかった。

真美が肩をひょいと上げ、イチゴ色の舌を出す。

「おばあちゃんのお友だちの家に行ってたんだけど、つまらないから帰ってきちゃったの」

「無断で？」

「ううん、ちゃんと断ってきたよ。お兄ちゃんがもう帰ってくる頃だと思って」

「そ、そう」

この村には家に鍵をかける習慣がなく、のんびりした風土とはいえ、東京では考えられないことだ。

今、この家には自分と真美しかいない。抑圧されたまがまがしい欲望が、次第に純真無垢な少女に向けられた。

年端もいかない女の子なら、うまく丸めこめるのではないか。恥じらいながらも、大切な箇所を見せてくれるのではないか。

(だ、だめだよ……そんなこと。何を考えてんだ)

真美は、自分のことを本当の兄のように慕っている。いたいけな少女の心を傷つけるわけにはいかないし、亜矢子や祖母にバレたらシャレにならない。それがわかっていても、悪辣な感情を打ち消すことはできなかった。

昨夜の亜矢子の痴態、そして先ほど目にした過激なエロビデオがまともな思考回路をショートさせる。

気がつくと、拓也は純粋な少女に不埒《ふらち》な誘いをかけていた。

「わ、わかった。それじゃ、いっしょに遊ぼうか?」

「うん!」

真美は何の疑念も抱かず、満面の笑みをこぼして腕にしがみつく。胸の膨らみこそなかったが、丈の短いスカートから覗くすべすべした太腿に胸が高鳴った。

「ゲームしようよ」

「あ、うん……それよりも、今日は変わった遊びしない？」

少女の自室は和室の自分の部屋とは違い、フローリングの床に学習机やベッドが置かれている。ピンクベージュのカーテン、花柄のベッドカバーと、女の子らしい明るい室内ではあったが、拓也の心の中はどす黒い暗雲が立ちこめていた。

「変わった遊びって……何すんの？」

「えっと……」

鞄《かばん》を床に置いたところで足が震え、言葉が喉の奥から出てこない。

いくら性的な知識がないとはいえ、八歳なら事の善し悪《あ》しはわかるはずだ。迂闊《うかつ》な行動をとれば、叔母や祖母に告げ口される可能性もあり、今ならまだ引き返せる。そう思う一方、牡の欲望は理性を丸呑みし、中止という考えは少しも起きなかった。

「お医者さんごっこ……しない？」

「……え？」

「俺が患者役をするから、真美ちゃんは女医さんの役でどうかな？」

「女医さん？　面白そうかも」

真美は一瞬きょとんとしたものの、にっこり笑って目を輝かせる。都会の小学二年生と違い、やはり島の子供は純朴なのかもしれない。

ひとまず安堵の胸を撫で下ろすも、獰猛《どうもう》な血はいっこうに引かず、ズボンの前が派手に突っ張った。

「聴診器と注射器は？」

「えっと……そうだな。聴診器はヘッドホン、注射器はえんぴつでいいかな」

部屋の中を見まわし、目についた小道具を手にとって渡すと、真美は机の下から引っ張りだした椅子に座り、拓也もベッドの上に腰かけた。

「今日は、どこか調子が悪いんですか？」

早くも役柄に入ったのか、少女が大人びた口調で問いかける。

「あの……お腹のあたりが痛くて」

「お腹？　聴診器は関係ないじゃない」

「それはそうだけど……」

「まあ、いいわ。じゃ、ベッドに横たわって、シャツを捲ってください」

言われるがまま仰向けに寝転び、シャツをたくしあげて腹部を晒せば、真美は小さな手を下腹にあてがった。

「む、むむっ」

柔らかい手のひらが臍の周りを撫であげ、背筋がゾクゾクする。

「痛いのは、どのあたりですか？」

「も、もうちょっと下……です」

「ここですか？」

「は、んっ」

くすぐったさとともに快感の微電流が身を駆け抜け、拓也は思わず甘ったるい声を口にした。

「やだ……お兄ちゃん。変な声、出して」

「ご、ごめん」

気まずげな顔で謝罪したとたん、真美の目が股間の一点に注がれる。

「……どうしたの？」

「え？　何が」

「変なところが膨らんでるけど、ポケットに何か入れてるの？」

股間を見下ろすと、ズボンの前部分が大きなテントを張り、やや右上方に迫りだしていた。

「あ、い、いや、これは……」

「これは、何?」

「あそこが、その……ちょっと腫れてんだ」

「……見せて」

「え?」

急に恥ずかしくなり、股間を両手で隠せば、真美はとたんに目をきらめかせた。

亜矢子が離婚したとき、この子はわずか四歳だった。父親と入浴の経験はあるのだろうが、男性器はぼんやりした記憶しかないのかもしれない。明らかに、好奇心に衝き動かされているように思えた。

「私は先生なんだから、ちゃんと診察しないと」

「い、いや、それは……」

想定外の展開に戸惑いつつも、少女の花園を観察するきっかけになるかもしれない。

(でも、まさかチ×ポを見せるなんて)

机の上のデジタル時計を確認すると、帰宅してから十分が経過している。亜矢子が帰宅するまで、あと二十分ほどか。

（グズグズしてる暇はないぞ。こうなったら……）

生唾を飲みこんだ拓也は、小さな声で交換条件を提示した。

「み、見せてもいいけど、真美ちゃんのも見せてくれる？」

「え、どうして私が見せなきゃならないの？」

少女は頬を膨らませ、不満を露《あらわ》にする。

「だって……俺だけ見せるの、恥ずかしいでしょ」

「私だって、恥ずかしいよ」

「じゃ、せーので見せ合いっこしようよ。ね？」

真美はじろりと睨みつけ、こちらの言い分を無視して小さな手を伸ばしてきた。

「あ、な、何を!?」

「ちゃんと見せなきゃ、診察できないでしょ！」

少女は拓也の手を払い除《の》け、ズボンのベルトを緩める。そして目尻を吊りあげ、真剣な表情で指示を出した。

「早く脱いで」

「あ、あ……」

「早く！」

心臓がでんぐり返る思いに、顔が熱くなる。全身の細胞が色めき立ち、鼻息が自然と荒くなる。

拓也は震える手でホックを外し、チャックを引き下ろした。

ズボンのウエストに手を添えたところで、切なげな目を向けて言い放つ。

「ま、真美ちゃんのも……見せてくれるんだよね？」

「あぁン、もう！　わかった。お兄ちゃんが見せてくれたら、私も見せてあげる」

「ホ、ホントに!?」

現金にも顔を輝かせ、紺色の布地をトランクスごと剝き下ろすと、窮屈なスペースに押しこまれていたペニスが反動をつけて跳ねあがった。

4

「きゃっ！」

牡の肉は隆々と漲《みなぎ》り、今にもはち切れそうな血管が無数に浮きでている。

宝冠部は包皮を半分だけ被り、ひとつ目小僧を思わせる先端は早くも先走りの汁で濡れていた。

自分の目から見ても驚嘆するほどの怒張ぶりで、羞恥心がいやでも込みあげる。

（あ、ああ……ついにやっちまった）

忸怩《じくじ》たる思いに身をよじらせるも、昂奮度は上昇の一途をたどり、動悸は少しも収まらない。横目でそっとうかがうと、真美は口に両手をあてがい、目をこれ以上ないというほど見開いていた。

勃起したペニスに度肝を抜かれているらしく、沈黙の時間が大きな不安を与える。

「だ、誰にも……言っちゃだめだよ」

小声で口止めした直後、少女は身を乗りだし、股間を隠そうとする手を振り払った。

「ちゃんと見せて」

「……あ」

好奇の眼差しが羞恥の源に注がれ、全身の毛穴から汗が噴きだす。

今日は朝から蒸し暑く、恥部はムンムンとした熱気がこもっているのだ。真美は小鼻を膨らませたものの、顔を近づけざま想定外の言葉を投げかけた。

「ホントに腫れてる。痛くないの？」

「……え？」

「すごく痛そう」

パンパンに張りつめた肉棒は充血し、子供の目からはそう見えるのかもしれない。

「痛いと言えば、痛いかな」

「パパのと、ぜんぜん違うような気がする」

真美は父親の性器を思い返しているのか、小首を傾げ、率直な疑問をぶつける。

「お兄ちゃんの……先っぽが、キノコみたいになってるよね？」

「あ、こ、これは……」

どう説明したらいいのか考えがまとまらず、著しい昂奮に駆られた拓也は肩で息をするばかりだった。

「はあはあっ」

「先っぽが、濡れてる。おチ×チン、どうしたら元どおりになるの？」

「お、おおっ」

可憐な唇の狭間から男性器の俗称が放たれた瞬間、少年の情欲はピークに達した。

睾丸の中の樹液が、出口を求めて乱泥流のごとくうねる。深奥部が甘美な鈍痛感に包まれ、青筋が激しい脈動を繰り返す。

「やだ……ビクビクしてる」

わずか八歳の少女でも、性に対する興味は芽生えはじめているのだろう。

頬を微かに赤らめ、心なしか息も弾んでいるように思えた。

（あぁ、昂奮しすぎて、チ×ポが破裂しそう。潤一郎が、変なビデオを観せるから悪いんだ）

己《おのれ》の悪行を棚に上げて友人を非難する一方、欲望の塊はとどまることを知らずに膨らむ。従妹の前で射精するわけにもいかず、拓也は鬼の形相から全身に力を込めた。

真美に誘いをかけた本来の目的は、女性器を観察することにあるのだ。

（もたもたしてたら、叔母さんが帰ってきちゃう。早く、真美ちゃんのあそこを……あっ!?）

意を決した瞬間、ふっくらした指が肉幹に絡みつく。とたんに強大な快感電流が身を貫き、臀部がベッドから浮きあがった。

「く、おぉおぉぉっ」

「すごい……熱くてコチコチ」

ベッドカバーを引き絞って耐えるなか、少女は目をらんらんと輝かせて男根の量感と質量を触感した。

「ま、真美ちゃん……だ、だめだよ」

こちらの声が届かないのか、真美はいっこうに手を離さない。

心臓がドラムロールのように鳴り響き、全身の細胞が歓喜に打ち震える。

(あ、あ……もう……だめかも)

内腿が小刻みに痙攣を開始した刹那、拓也は天国から地獄に叩き落とされた。

廊下側から、聞き慣れた亜矢子の声が響き渡ったのである。

「真美！　帰ってるの!?」

「あ、ああっ」

額に滲んだ脂汗が滴り落ち、一瞬にして我に返る。拓也は慌てて跳ね起き、電光石火の早業でズボンと下着を引きあげた。

「部屋にいるの？」

「あ……う、うん」

真美が小声で答えたところで亜矢子はドアを開け、顔をひょっこり覗かせた。

まさに間一髪、淫行シーンは目撃されなかったものの、異様な雰囲気を察したのか、熟女はすぐさま顔をしかめた。

「お、お帰りなさい」

照れ笑いを見せつつ言葉をかけても、彼女は何も答えず、娘に問いかける。

「何してたの？」

「お兄ちゃんに、友だちのこと、相談に乗ってもらってたの」

「そう……拓ちゃん、真美に話があるから、申し訳ないけど席を外してくれない？」

「あ、は、はい。じゃ、真美ちゃん……またあとでね」

「うん。お兄ちゃん、ありがと」

亜矢子の顔には不審の色が浮かび、二人を引き離そうとしたのは明白だった。

鞄を手に部屋をあとにした直後、猛烈な後悔に襲われる。

（あぁ、やっぱり……やめときゃよかった。何をしてたのか、叔母さんにバレちゃったかも）

自身の姿を見下ろすと、ワイシャツの裾が片側だけズボンからはみだし、チャックも半開きの状態だった。

この恰好では、よからぬ行為をしていたと取られても仕方がない。自室に戻る最中、拓也の身体は恐怖心から小刻みに震えていた。

第二章　極上手コキでの精通絶頂

1

その日の夜、拓也はベッドの中で何度も寝返りを打った。

（真美ちゃん、まさか……話してないよな）

不安が脳裏を占め、眠気が少しも襲ってこない。夕食時、亜矢子はふと難しい顔を見せるときがあり、目を合わせようともしなかった。

拓也はいたたまれずに食事を済ませたあと、すぐに入浴し、自室に引きこもったのである。

（どうしよう。やっぱり……まずかったよな）

山村留学の終了まで、まだ五カ月もある。明日、亜矢子のほうから話し合いの場を求めてくるかもしれず、考えただけで暗澹《あんたん》たる気持ちになった。

（あんな小さな子にチ×ポを見せつけるなんて、もう完全な病気だよな）

突如として、自身の肉体に生じた獣のような性欲が恨めしい。

「はあっ」

溜め息をついた直後、部屋の扉がノックされ、拓也は心臓が止まるのではないかと思うほどびっくりした。

「拓ちゃん、起きてる？」

亜矢子の澄んだ声が耳朶を打ち、恐怖に身が竦む。

「入るわよ」

彼女はこちらの返答を待たずにドアを開け、照明のスイッチを入れた。

「……あ」

片手で光を遮り、伏し目がちに身を起こす。パジャマ姿の熟女は後ろ手でドアを閉め、ゆったりした足取りで近づいた。

「ごめんね、寝てるとこを。ちょっと、いいかしら？」

「あ、はい」

壁時計の針は、午前零時を回っている。この時間に来訪したのだから、どんな話かは推して知るべしだ。

亜矢子の顔をまともに見られず、唇を歪めて肩を落とせば、彼女は敷き布団の真横に膝をつき、ためらいがちに口を開いた。

「拓ちゃん、留学が終わるまで、あと五カ月ね。早いわ、あっという間に半分が過ぎたなんて。島の生活は、もう慣れた？」

「はい……慣れました。毎日が……楽しいです」

「そう、よかったわ。お姉ちゃん……あなたのママもそうだけど、私もずっと心配してたから」

しばしの沈黙のあと、いよいよ本題に入り、拓也は拳を軽く握りしめた。

「中学二年生か。いろいろなことに興味を持つ年頃よね。夕方……私が帰ってきたとき、何をしてたの？」

「そ、それは……」

思っていたとおり、やはり叔母はただならぬ気配を察していたのだ。

果たして、真美からどの程度の話を聞いているのだろう。予想がつかない以上、迂《う》闊《かつ》なことは言えず、拓也はひたすら俯くばかりだった。

「怒らないから、正直に言って」

貝のように口を閉じていると、亜矢子は困惑げに溜め息をつく。そして、はっきりした口調で厳しい言葉を投げかけた。

「何も話してくれないんじゃ、このままいっしょには住めないわよ。お姉ちゃんにも伝えないと」

釈明すらできないことから、叔母は拓也と真美のあいだでいかがわしい行為があったと確信したらしい。情けなさと悲しみ、罪の意識と後悔が絡み合い、少年は大粒の涙をぽろぽろこぼした。

「ご、ごめんなさい」

「何をしてたの？」

母親にとっては、そこがいちばんの重要ポイントなのか、亜矢子は真剣な表情で問いつめる。

もはや、だんまりを決めこんでいるわけにはいかない。拓也は手の甲で涙の雫を拭い、嗄《しゃが》れた声で答えた。

「お、お医者さんごっこです」

「……え？」

「真美ちゃんが女医役で、ぼくが患者さん役をしてたんです。ベッドに横たわってシャツをたくしあげてたとき、叔母さんの声が聞こえてきたから、びっくりして……」

「あ、あの、お医者さんごっこって……」

真美から詳しい事情は聞いていないのか、亜矢子は目を丸くし、焦った表情で身を乗りだした。

（ど、どうしよう。本当のことを言うべきか？）

さすがに下半身を露出し、怒張を真美に握られたとは言いづらい。顔を真っ赤にして俯く様子から、叔母はある程度の行為があったと悟ったようだ。

「あの子には、何もしてないのね？」

「そ、それは神に誓って、絶対にしてません！　真美ちゃんに確認してもらってもいいです!!」

涙目で答えれば、亜矢子は一瞬にしてホッとした表情に変わった。それでも安心できないのか、身をすり寄せ、真摯な態度で訴える。

「拓ちゃん、いい？　真美はまだ八歳だし、誤解を招くような行為は慎《つつし》んでほしいの」

「はい、ごめんなさい」

「ちょっとショックだったけど、今回だけは大目に見るわ」

心が千々《ちぢ》に乱れ、拓也はしゃくりあげながら悩みを打ち明けた。

「ぼく、病気なんです。夏休みに入ってから、変なことばっかり考えちゃって」

「うちは女ばかりだし、男の子の気持ちは何となくしかわからないけど……」

「子供のときから叔母さんのことが大好きだったし、留学の話を教えてもらって感謝してます。でも……叔母さんの姿を見てから、自分の気持ちをぜんぜん抑えられなくなっちゃって」

「え……私の姿を見たって」

「き、昨日の夜、トイレに行った帰り、叔母さんの声が聞こえてきて……」

感情をコントロールできず、つい口をすべらせれば、亜矢子は顔をみるみる真っ赤に染めた。

「た、拓ちゃん……見たの？」

「ごめんなさい、見ちゃいけないとは思ったんですけど」

嗚咽《おえつ》を洩らすあいだ、熟女は上ずった口調で問いかける。

「そのこと……誰にも話してないわね？」

「はい、言ってません！」

亜矢子は安堵の溜め息をこぼし、ふくよかな身体をさらにすり寄せる。そして、なぜか穏やかな口調でたしなめた。

「悪い子ね。覗き見までするなんて」

「ご、ごめんなさい」

「そう……拓ちゃんがおかしくなったのは、私の責任でもあるのね」

「そ、そんなことありません。ぼくが普通じゃないんです」

慌てて否定したところで叔母に手を握られ、拓也はハッとして顔を上げた。

「拓ちゃん、約束して」

「……え？」

「真美には、変な気持ちを向けないって。あの子はまだ子供だし、絶対にいけないことだってわかるわよね？」

コクリと頷《うなず》けば、亜矢子は優しげな微笑を返す。思わずドキリとした瞬間、花びらのような唇の狭間《はざま》から予想だにしない言葉が放たれた。

「約束してくれるなら、叔母さんが拓ちゃんの悶々とした気持ちを解消してあげてもいいわ」

「……え？」

言葉の意味がすぐには理解できず、呆然とした顔で身を強《こわ》ばらせる。熟女は頬をやや染め、恥ずかしげに身をくねらせた。

(ま、まさか……叔母さん、エッチなことしてくれるんじゃ……)

思いも寄らぬ提案に、沈んでいた気持ちが浮ついていく。

およそありえない交換条件を提示したのは、それほど真美のことを心配しているのだろう。もしかすると、はしたない自慰行為を他言するなという、口止めの意味も含まれているのかもしれない。

何にしても先ほどとは打って変わり、拓也の胸は妖しくざわついていた。

2

「真美だけじゃないわ。他の女の子にもよ。狭い島だし、村の人たちに知られたら、大変なことになるから」

「わ、わかりました」

「我慢できなくなったときは……正直に言って」

「あ、あ……」

亜矢子の表情が急にあだっぽくなり、股間に熱い血流がなだれこむ。甘いソープの香りが鼻腔をくすぐり、パジャマの襟元から覗く白い肌に男が奮い立つ。

少年のペニスは、パンツの下でどんどん重みを増していった。

「や、約束します。金輪際《こんりんざい》、真美ちゃんはもちろん、他の女子にも変な気は起こさないって」

「絶対よ」

小さく頷けば、亜矢子は手を上から被せ、さらには指を絡めてきた。

「拓ちゃんの顔、トマトみたいに真っ赤になってるわ」

「あ……が、我慢できないんです」

「え……今?」

「は、はい」

裏返った声で答えれば、熟女はやや間を置いてから問いかけた。

「何が……したいの?」

「あ、あの……」

やりたいことは、たくさんある。潤一郎に観せられたエロビデオのシーンが頭の中をぐるぐる回ったが、淫らな要求を口にすることはできず、拓也は消え入りそうな声で答えた。

「……見たいです」

「え？」

「お、おっぱいを……見たいです」

舌がもつれ、言葉がうまく口をついて出てこない。恥ずかしさから目を伏せると、やがて衣擦《きぬず》れの音が聞こえ、少年は恐るおそる顔を上げた。

（……あ）

亜矢子がやや困惑げに、パジャマのボタンを外していく。目の前の光景がすぐには信じられず、頭に血が昇った。

薄いブランケットに覆われた下腹部は、熱く煮え滾《たぎ》るばかりだ。自然と鼻息が荒くなり、無意識のうちに自身の股間に手を伸ばせば、牡の象徴は早くもガチガチに強ばっていた。

「やっぱり恥ずかしいわ」

亜矢子はそう言いながら、合わせ目をゆっくり開く。反射的に身を乗りだした瞬間、歪みのない美しい球体が目に飛びこみ、脳の芯がビリビリ震えた。

（あ、あ、叔母さんのおっぱいだ）

まろやかな乳丘を至近距離で目《ま》の当たりにし、怒張が限界まで張りつめる。

「はあはあっ」

射抜くような視線を蠱惑《こわく》的な膨らみに注ぐなか、ペニスが痛みを覚えるほど突っ張り、腰の奥が甘美な鈍痛感に包まれた。

「ふうはあ、ふう」

少年の顔は狂気に満ちていたが、もちろん自覚があるはずもなく、理性やモラルが忘却の彼方《かなた》に吹き飛ぶ。

「あ、ああっ」

身が裂かれそうな淫情に腰をよじった直後、亜矢子はやけに艶っぽい声で囁いた。

「拓ちゃん、自分でしたこと……あるわよね?」

今度は言葉の意味をすぐさま察し、顔を小さく横に振る。

「したこと、ないの?」

「友だちから聞いて知ってはいたけど、なんか抵抗があるというか、しちゃいけないという思いが強くて……」

「そう、そうだったの。自分でするのは、決して悪いことじゃないのよ。私がしてたの……見たでしょ?」

「叔母さんでも、我慢できなくなるときがあるの？」

「それは……」

美熟女が目元を染めると、昨夜の痴態が脳裏に浮かび、悶々とした想いは限界値を飛び越えた。

（あぁ、見たい、触りたい。叔母さんのおマ×コ）

勇気を出して、心の願望を口にするのだ。今なら、きっと聞いてくれるはず。

口の中に溜まった唾を飲んだ瞬間、亜矢子はブランケットをそっと引きはがした。

3

「……あ」

短パンのこんもりした中心部は、牡の昂《たかぶ》りをこれでもかと見せつける。慌てて股間を手で隠すと、熟女の目はしっとり潤んでいった。

「溜まったら、ちゃんと出さないと。いつまで経っても悶々としたままよ。やり方、知らないの？」

「そ、それは……はあはあっ」

手順は潤一郎から教わっていたが、今の拓也はまともに答えられないほど昂奮していた。

豊潤な肉体から放たれる甘い芳香があたりに立ちこめ、淫靡な雰囲気に拍車をかける。白魚のような指が短パンのウエストに添えられただけで、牡の肉が派手にいないいた。

「あ、な、何を……」

「だって、このままじゃ、また変なこと考えちゃうでしょ？　叔母さんに任せて」

紺色の布地が捲り下ろされ、ボクサーブリーフが晒される。小高く突きでた頭頂部は、前触れの液がすでに大きなシミを広げていた。

羞恥心に身悶えるも、亜矢子は気をつかって話題を逸らす。

「あら、洒落たパンツを穿いてるのね」

これまでは昔ながらの白いビキニブリーフだったが、潤一郎にからかわれ、小遣いでボクサーブリーフを購入したのだ。

熟女の一挙手一投足に目を見張る最中、続いて下着が下ろされ、硬直の若茎がビンと跳ねあがった。

扇状に翻《ひるがえ》る先走りの液、パンパンに膨張した宝冠部、葉脈状に浮きでた青筋。自分の目から見ても驚愕するほどの昂りだ。

（ああ、見られてる！　叔母さんに、チ×ポをじっと見られてる!!）

真美に続いて亜矢子に恥部を凝視され、昂奮の坩堝《るつぼ》と化した拓也は全身をぷるぷるとひくつかせた。

「まあ……拓ちゃん、いつの間にか大人になったのね」

「あぁ……は、恥ずかしい」

「だめよ、手で隠しちゃ。ちゃんと見せて」

胸を軽く押され、後ろ手をつけば、局部が余すことなくさらけだされる。美熟女は湿った吐息を何度もこぼし、悩ましげな表情から身を屈《かが》めた。

「すごいわ。おチ×チン、もうギンギンじゃない。生白くて皮を被《かぶ》ってて、袋も持ちあがっちゃってる」

卑猥な言葉を投げかけられるたびにペニスがしなり、頭に血が昇りすぎて今にも卒倒しそうだった。

「溜まってるの、出しちゃおうか？」

「え……あっ」

すべすべした手のひらが、陰嚢から裏茎をスッと撫であげる。たったそれだけの行為で凄まじい快感電流が背筋を這いのぼり、拓也は臀部の筋肉を引き攣らせた。

「あ、あ、あ……お、叔母さん」

「いいのよ、我慢しないで」

堪えようにも、巨大な悦楽の塊が深奥部から迫《せ》りあがり、ちっぽけな自制心を木っ端微塵《こっぱみじん》に吹き飛ばす。

「はあぁぁっ」

次の瞬間、口をへの字に曲げた拓也は鈴割れから大量の樹液を射出させた。

「きゃっ！」

頭上まで跳ね飛んだザーメンは宙で不定形の模様を描き、亜矢子の胸元を打ちつける。溜まりに溜まった牡の欲望は、一度きりの放出では収まらない。

勢い衰えぬまま、二発三発四発と飽くことなき射精を繰り返し、拓也は一直線に噴きだす精液の量に目を剝いた。

「ああ、ああっ！」

合計、十回は脈動しただろうか。欲望の排出が途切れると、身も心も蕩けそうな肉悦が中心部からしぶいていく。少年は仰向けに寝転がるや、解剖されたカエルさながら身を痙攣させた。

「はあはあ、ふあぁっ」

荒々しい吐息を間断なく放つなか、亜矢子がぽつりと呟く。

「す、すごい……こんなに出るなんて。これじゃ、変なことばかり考えるのも無理ないわ」

陶酔のうねりが打ち寄せ、腰部と脳幹が甘く痺れる。

動悸が徐々に収まり、閉じていた目をうっすら開けると、美熟女はティッシュでパジャマに付着した精液を拭き取っていた。

栗の花の香りがぷんと香り立ち、思わず小鼻を膨らませる。

「ベトベトだわ」

「ご、ごめんなさい」

「いいのよ。でも、シーツは取り替えたほうがいいかしら」

亜矢子の手によって精通に導かれ、射精がまさかこれほどの快楽を与えるものだとは思ってもいなかった。

もっと早く放出しておけば、真美に邪悪な目を向けることはなかったかもしれない。

快感が薄れはじめると同時に、己の悪行に苛《さいな》まれる。

「ふうっ」

何はともあれ、ひと息つくと、股間の中心部にくすぐったい感触が走った。

「……あ」

「じっとしてて」

鈴口、胴体、根元から陰嚢と、ペニスにまとわりついた精液がティッシュで拭《ぬぐ》われる。大量射精したあとにもかかわらず、やや萎えかけていた牡の肉は再び鎌首をもたげはじめた。

(あ、や、やばい……またムラムラしてきた)

性欲が瞬く間に回復の兆しを見せ、亜矢子が目を見開く。

「し、信じられない……若い男の子って、みんなこうなのかしら」

「ご、ごめんなさい」

「ううん、謝ることじゃないわ。男の人の生理だもの、仕方ないとは思うけど……困ったわね。すっきりした、というわけにはいかないんじゃない?」

「あ、あの……」

確かに彼女の言うとおり、鎮火しかけた欲望は再び股間の奥で渦巻きはじめている。尽きることのない獰猛《どうもう》な情欲に戦慄さえ覚えた瞬間、拓也は視界に入った淫らな光景に腰をバウンドさせた。

亜矢子が唇を窄め、ペニスの真上から唾液を滴らせたのである。

4

「あ、あ……」

とろみの強い粘液が、男根をゆるゆる包みこんでいく。

美貌の熟女は、いったい何をするつもりなのか。一瞬、フェラチオが頭に浮かんだものの、亜矢子は膝元に絡みつく短パンの上縁に手を添えた。

「パンツ、脱いだほうがいいわね。足を上げて」

言われるがまま両足を浮かせば、ブリーフごと引き下ろされた紺色の布地が足首から抜き取られる。

下腹部全体を露《あらわ》にしたところで、拓也の心臓はまたもや拍動しはじめた。

「足を広げて」

今は羞恥心より、性欲のほうが圧倒的に勝っている。指示どおりに足を拡げると、亜矢子は股のあいだに正座し、雁首の真下に細長い指を巻きつけた。

「おふっ」

「また大きくなったわ。溜まりに溜まってたのね。悪いウミは、全部出しておかないと。いい？　今度は、叔母さんがいいって言うまで出しちゃだめよ」

「……え？」

「ぎりぎりまで我慢して、一気に出すの」

「あ……うっ」

指に力が込められ、先端に微かな疼痛が走る。

何をされるのか見当がつかず、拓也は頭を起こして目をしばたたかせた。

「おチ×チンの皮は、ちゃんと剝いておかなきゃだめよ。清潔にしてないと、女の子に嫌われちゃうから」

「はうっ！」

強引に剝き下ろされた包皮が雁首でとどまり、細い腰がわなわな震える。熟女の口から放たれる淫語の連発に、牡の淫情が限界を超えて昂った。

今は雁首の痛みさえ快感のスパイスと化し、白濁の溶岩流がまたもやうねりだす。

「ほうら、もうすぐ剝けそうよ」

「あ、あ、あ……」

肛門括約筋を引き締めたところで包皮がくるんと反転し、真っ赤な亀頭冠が全貌を現した。とたんにザーメンが逆巻《さか》くように突きあげ、射出口をノックする。

「はっ、はっ……あ、あぁっ」

「だめよ、まだ出しちゃ」

腹部をひくつかせた瞬間、亜矢子は空いた手でペニスの根元をキュッと絞り、精液の通り道を無理やり遮断した。

「ぐっ、ふっ」

青筋がぷっくり膨らみ、肉棹がビンビンしなる。

「我慢するの」

上目遣いにねめつけられ、拓也は歯を食いしばって射精の先送りを試みた。

息を止めて踏ん張れば、身体の中心で膨張した風船玉が萎みだす。それでも充血の強ばりはいきり勃《た》ったまま、隆々とした漲《みなぎ》りを維持していた。

涙目で大きな息を吐き、艶然とした熟女に虚ろな視線を向ける。

「はあふう、はあぁっ」

まさか、美しい叔母から包茎矯正されるとは夢にも思っていなかった。

昂奮に次ぐ昂奮に、心臓は今にも破裂せんばかりだ。

「む、むうっ」

雁首が包皮に締めつけられ、むず痒い感覚に唇の端を歪める。先端の切れこみからカウパー氏腺液が源泉のごとく溢れ、胴体を伝ってツッと滴り落ちた。

「よく我慢したわね。きれいに剝けたわよ」

「……あぁ」

ズル剝けチ×ポは大人の男性器という印象を与えたが、今は違和感のほうが気にかかる。もどかしげに腰をくねらせた直後、亜矢子は指の抽送を開始した。

「あ、あ……い、いい」

唾液と先走りが潤滑油の役目を果たし、なめらかな感触がこの世のものとは思えぬ肉悦を吹きこんでいく。くちゅくちゅという淫らな擦過音も聴覚を刺激し、指先が二、三往復しただけで、薄れかけていた放出願望が息を吹き返した。

「そんなに気持ちいいの？」

「はぁ、すごい、すごく気持ちいいです」

顔を真っ赤にして息むも、性感はうなぎのぼりに上昇し、一瞬にして臨界点を突破する。

下腹部に力を込めても役には立たず、拓也は泣き顔で我慢の限界を訴えた。

「おっ、あっ、だめっ、だめですっ」

「何が、だめなの？」

「出ちゃう、出ちゃう……は、ふうぅぅっ！」

まさに放出寸前、手コキがストップし、輸精管になだれこんだ樹液が副睾丸に逆流する。イキたくてもイケない焦燥感に、少年は腰をよじって咆哮した。

「まだ我慢するのよ」

「く、くっ……は、ふぅぅっ！」

手筒の抽送が再開し、包皮が蛇腹《じゃばら》のごとく上下する。

今は、スモモのような亀頭冠をただ注視するのみ。股間に吹き荒れる悦楽の暴風雨に耐え忍ぶしか手立てはないのだ。

射精しそうになると、亜矢子は手の動きを止め、寸止めを何度も繰り返した。

「おっ、おおおっ」

体温が急上昇し、全身が燃えあがる。淫靡な行為の連続に脳波が乱れ、あまりの快感に五感が麻痺する。

「お、叔母さん、ぼく、も、もう……」

「もう、何？」

「おかしくなっちゃう」

「限界？」

「げ、限界です！」

荒れ狂う欲望を、一分一秒でも早く排出したい。目尻に涙を溜めて訴えると、熟女は大きなストロークで肉幹をしごきあげた。

「いいわ。じゃ、たっぷり出しなさい」

「く、ほぉおっ」

ビデオの早回しのように手筒が上下し、怒張がこれでもかと嬲られる。宝冠部が根元を支点にくるくると回転し、我慢汁が小水のごとく溢れでる。

「あ、あ……」

首筋の血管を浮き立たせた拓也は、己のリビドーを自ら解き放った。

「イクっ、イクっ、イクっ……ぐっ！」

ストッパーが弾け飛び、熱い奔流が尿管を怒濤の勢いで突っ走る。肉筒を締めつける包皮にいったん堰《せ》きとめられた樹液は、勢いをつけて鈴口から飛び跳ねた。

「きゃっ！」

二度目にもかかわらず、濃厚なザーメンが白い尾を引いて舞いあがる。

亜矢子は顔を引いたものの、手コキのスピードを緩めない。ペニスはしごかれるたびに脈動を繰り返し、牡のエキスを立て続けに吐出《としゅつ》していった。

「すごいわ。まだこんなに出るなんて」

亜矢子の呆れ声は、もはや耳に届かない。熟女はさらにペニスの根元を握りしめ、雁首に向かって皮を鞣《なめ》すように絞りあげた。

「ふふっ。約束どおり、全部出させてあげるわ」

尿管内の残滓がピュッと噴きだし、バラ色の快美に交感神経が灼《や》かれる。

「ヤンっ！」

鼻にかかった亜矢子の声を遠くで聞きながら、少年は生まれて初めて味わう射精感に心の底から酔いしれた。

第三章　美叔母の淫らな筆下ろし

1

「はあっ」

五日前の光景が脳裏を掠めるたびに、亜矢子は小さな溜め息を洩らした。

いくら真美を守るためとはいえ、甥っ子の精液を手筒で放出させてしまうとはあまりにも倫理に外れている。

(まさか、一人でしてるとこを見られるなんて……迂闊《うかつ》だったわ)

自慰行為の覗き見を知らされたとき、身が裂けそうな羞恥からパニック状態に陥り、自分でも信じられない行動をとってしまった。

口止めを兼ねての奉仕に、後悔ばかりが押し寄せる。

反り勃《た》つ包茎ペニス、プリッとしたふたつの肉玉、とどまることを知らずに噴きでる白濁液。少年の初々《ういうい》しい性器と逞しい射精に、途中からは女の情念が覚醒してしまった。

泣きそうな顔で身悶える仕草も母性本能をくすぐり、愛液の湧出《ゆうしゅつ》が止まらなかったのである。最後の一線は越えなかったものの、鉄の棒と化した牡の肉が頭にこびりついて離れない。

(私……何を考えてるの。相手は、お姉ちゃんの息子なのに)

その後、拓也からのアクションはなかったが、亜矢子はときおり自分に注がれる熱い視線に気がついていた。

おそらく彼は、こちらからの誘いを待っているのだろう。欲求不満はいつでも解消してあげると約束してしまった以上、無下《むげ》に断ることはできない。

(……どうしたものかしら?)

夫の浮気から五年前に離婚したあと、亜矢子は故郷に戻り、仕事に子育てと忙しい日々を過ごしてきた。

寂しいという気持ちがないわけではなかったが、若い独身男性は島を離れるケースが多く、言い寄る男は既婚者ばかりだった。

バツイチの子持ちでは、贅沢は言えないのかもしれない。それでも女のプライドは棄てられず、島に戻ってから異性との性交渉は一度もなかった。

(今までは、何の問題もなかったのに……)

独り寝の寂しさをはっきり実感するようになったのは、真美が小学校に上がった去年の春あたりだろうか。子育てが一段落し、ホッとしたのか、身体の奥底から迸る情念に翻弄される日々が続いた。

だからといって、中学生の甥に手を出してもいい理由にはならず、拓也と禁断の関係を結ぶぐらいなら赤の他人と不倫したほうがましだと思えた。

「でも……」

あどけないかわいい容貌を思いだせば、胸が甘く締めつけられる。

彼のほうから誘いをかけてきたら、拒絶はもちろん、たしなめる自信もない。

今夜、母と娘は親戚の家に泊まりにいき、拓也と二人きりの夜を過ごすことになるのだから、意識するなというほうが無理な話だった。

拓也も同じ心境なのか、夕食の最中も上目遣いに探りを入れてくる。意味深な視線が向けられるたびに、熟女の秘芯は熱く火照った。

「ママ」

「……え？」

「どうしたの、ボケッとして」

「何でもないわ。残暑が厳しいから、ちょっとバテてるだけ。叔父さんの家に行く前に、海に行こうか？」

家から海岸まで歩いて五分とかからず、夕涼みでもしなければ、どうにも気持ちが落ち着かない。

「うん！　おばあちゃんやお兄ちゃんもいっしょだよね！」

「夜風が気持ちいいわよ」

母は無邪気にはしゃぐ孫娘に笑顔を返すも、拓也は口を閉ざしたままだ。叔母と甥のあいだには妙な空気が漂い、亜矢子の胸は早くも甘い予感にざわついた。

2

日はとっぷり暮れ、昼間の蒸し暑さが嘘のように消え失せる。

海岸に赴くと、浜への階段を昇ってくる夫婦と小学生と思《おぼ》しき娘の家族と鉢合わせした。

「あら、亜矢子先輩」

「香那《かな》ちゃん。あなたたちも夕涼み？」

亜矢子と女性は先輩後輩の間柄らしい。女の子も真美と顔見知りなのか、親しげに会話を交わした。

（あれ。この人、確か……）

潤一郎の家のとなりに住む主婦で、何度か顔を合わせたことがある。ぽっちゃりした体型のせいか、まさか亜矢子より年下とは思ってもいなかった。

人のよさそうな旦那さんは、ニコニコ顔で話が終わるのを待ち受けている。

「それじゃ、これで。今度、ゆっくり話しましょ」

「うちに遊びにきてください。先輩の好きなお酒、用意しておきますから」

「ふふっ、わかったわ」

香那と呼ばれた女性と夫は拓也と祖母に頭を下げ、砂利道をゆったりした足取りで歩いていった。

（あの人が先輩というのなら話はわかるけど……たぶん、あれが普通の三十四歳なんだ。俺の叔母さんが魅力的すぎるということだな）

独り合点《がてん》して悦に入るなか、真美は早くも海に向かって駆けだし、無邪気に波と戯れる。

「気をつけなきゃ、だめよ」

「はぁい」

目を細めて愛娘《まなむすめ》に注意を促《うなが》す亜矢子は、どこにでもいる普通の母親なのだが……。

「今日は波も穏やかだし、気持ちいいわね」

確かに涼やかな海風は心地よかったが、拓也の関心は美熟女だけに向けられていた。

（こ、今夜は……叔母さんと二人きりだ）

全身が火の玉のごとく燃えあがり、股間がムズムズしだす。五日前の出来事を思い返せば、肉根がハーフパンツの下で小躍りした。

密やかにポールポジションを直したところで、波打ち際から戻ってきた真美が腕にすがりつく。

「お兄ちゃんも、泊まりにくればいいのに」

「ごめんね。やらなきゃならない宿題があるから、今回は無理なんだ」

「ちぇっ、つまんないの」

もちろん、宿題の話は大嘘だ。

亜矢子との接点をうかがっていた拓也は、真美と祖母だけが親戚の家に泊まることを確認してから、とってつけた理由で誘いを断ったのである。

（こんな機会、なかなかないもんな）

亜矢子の手淫で放出した翌日、拓也は初めてのオナニーに挑戦し、三回も射精してしまった。

いくら出しても昂奮は収まらず、三日連続で自慰行為に耽《ふけ》ってしまったのだ。

射精の瞬間は確かに気持ちいいのだが、叔母から受けた淫らな奉仕に比べたら足元にも及ばない。

この五日間、何度おねだりしようと思ったことか。

恥ずかしさと拒絶されたらという思いが先に立ち、とても言いだせなかったが、今夜は二人だけなのだから、真美や祖母の目を気にする必要もない。

少年の期待感と想像力は無限大に広がり、脳裏は淫靡な光景一色に占められた。

（それにしても、叔母さん……なんか色っぽいな）

今夜の亜矢子はキャミソールと、デニムのホットパンツを身に着けている。

なめらかな肩とムチムチの太腿は丸出しの状態で、官能的なカーブを描くヒップの稜線がとてつもなく扇情的だった。

薄い生地のトップスは乳房の輪郭を際立たせ、デニム生地が股の付け根に食いこむ様が股間をいやが上にも刺激する。

(まさか、俺を誘惑してるんじゃ……あぁ、もう我慢できないよ！)

真夏のときですら、こんなエロチックな恰好をしたことは一度もない。

性欲本能を抑止できないのは、亜矢子のなまめかしい姿ばかりでなく、包茎矯正も起因していた。

包皮を絶えず捲り下ろしている状態なので、敏感な亀頭が下着にこすれ、すぐに性欲のスイッチが入ってしまうのだ。

(あぁ、ムキムキのチ×ポ、早く叔母さんに見せたいよ)

破廉恥な光景を思い描き、幼い肉茎が強ばりと化していく。疼く股間を手で押さえつけようとした刹那、波打ち際に佇《たたず》んでいた祖母が真美に声をかけた。

「そろそろ叔父さんちに行こうか？」

心臓がドキリとし、待ちに待った瞬間に胸が高鳴る。

「そこまで送ってくわ」

海岸沿いから遊歩道まで、真美らのあとに続く最中、拓也は右拳で昂る股間を押さえつけた。

すっかり獣欲モードに突入し、目が獲物を狙う鷹のごとく鋭さを増す。たわわに実った熟女のヒップを見つめているだけで、暴発しそうだった。

真美から親戚の家に行く話を聞かされたのは一昨日で、オナニーこそ自粛しているとはいえ、睾丸はわずか二日のあいだに大量の精液を製造したらしい。

足を踏みだすたびにズル剝けの亀頭がパンツにこすれ、気持ちいいことこのうえなかった。

「お兄ちゃん、明日は夕方頃に帰ってくるから、トランプしようね」

「あ、うん、待ってるよ」

「母さん。真美のこと、頼んだわね」

「わかってるわよ」

「真美、叔父さんちでイタズラしちゃだめよ」

「はいはい、じゃあね」

手を振り合って真美や祖母と別れると、胸の奥が重苦しくなった。

いよいよ、亜矢子と二人きりになる瞬間がやってきたのだ。

前方にドンと突きでたバスト、弾力感溢れるヒップを見ているだけで、堪えきれない淫情が込みあげる。気がつくと、拓也は背後から熟女の身体に抱きついていた。

「……きゃっ」

「叔母さん、ぼ、ぼく……」

「びっくりするじゃない。いきなり、どうしたの？」

柔らかいヒップに股間をグリグリ押しつければ、天国に舞い昇るような快感が下腹部を覆い尽くす。

「はあはあっ」

「拓ちゃん、だめよ。こんなところで。人に見られたら、どうするの？」

亜矢子はヒップを振って拒絶の姿勢を示すも、ヒルのように張りついて離れない。

彼女の言葉も耳に入らず、拓也は無意識のうちに腰をカクカク動かした。

「もう……仕方ないわね。こっちにいらっしゃい」

「……あ」

熟女は身をひねりざま拓也の手を摑み、海岸への斜面を下りていく。

およそ少年とは思えぬ下品な振る舞いに、怒りを覚えたのか。

（ま、まさか、海の中に放りこまれるんじゃ）

拓也は百六十センチと小柄で、亜矢子のほうが数センチ高い。力ではまだ敵《かな》わず、砂浜の上を引きずられる格好であとに続くしかなかった。

「お、叔母さん。何をするの？」

「お仕置きよ」

「……え？」

「性欲丸出しの男の子には、たっぷりお仕置きしないと」

「ひっ、ごめんなさい！」

恐怖に駆られた拓也は泣き顔で謝罪したが、亜矢子は手首を握りしめたまま離さない。大きな岩場の裏側に連れこまれると、熟女は身体を反転させ、やや険《けわ》しい表情で腰に両手をあてがった。

月明かりに照らされた彼女の容貌は、溜め息が出るほど美しい。女神を崇めるように仰ぎ見た直後、亜矢子はニコリともせずに口を開いた。

「脱ぎなさい」

「……え」

「したいんでしょ。それとも、パンツの中に出すつもり？」

「あ、は、はい」

亜矢子は、そのつもりで人気のない場所に連れてきたのだ。気分が高揚し、鎮火しかけた性欲が紅蓮《ぐれん》の炎と化す。

鼻の穴を目いっぱい拡げた拓也は、迷うことなくハーフズボンの腰紐をほどいた。

羞恥心は微塵もなく、煮え滾る淫情に気が急《せ》いてしまう。

ウエストに手を添え、ズボンをパンツもろとも脱ぎ下ろせば、剛直が先走りをしぶかせながら反り返った。

「いやだわ……こんなに大きくさせて」

「はあはあっ」

「うちに帰るまで我慢できないなんて、ホントにいけない子ね」

叱責の言葉がナイフのごとくハートを抉《えぐ》り、射精欲求が上昇気流に乗る。

内股ぎみから両足をわななかせれば、亜矢子は一歩前に進み、白い手を怒張にゆっくり伸ばした。

「……くっ」

柔らかい指が肉幹に絡まり、青筋が熱い脈動を打つ。拓也は歯を剝きだし、臀部の筋肉にえくぼを作って放出願望を自制した。

「皮が、きれいに剝けてるわ。あれから、ずっと矯正してたの？」

「は、はい」

先端から雁首にかけては違和感が残っていたが、傍目《はため》から見れば、大人の男性器と変わらない。胸を張って自慢したかったものの、未熟な少年に余裕は少しもなく、腰を女の子のようにくねらせるばかりだった。

「む、むむっ」

人差し指で縫い目をつつかれ、桜色の爪が雁首をそっとなぞりあげる。

「相変わらず……コチコチ」

チラリと見あげると、亜矢子は唇のあわいで舌を物欲しげにすべらせ、心なしか頬も桜色に染まっているように見えた。

彼女も昂奮しているのか、バストが緩やかに波打ち、かぐわしい吐息が頬を撫でつける。

「おチ×チン、痛くないの？」

「……へ？」

「先っぽ、赤くなってるみたい」

「ちょっとヒリヒリするけど、何とか……大丈夫です」

熟女はペニスを手のひらでもてあそび、今度は人差し指と親指で雁首をつまんだ。

尿管が絞られ、前触れの液が鈴口から糸を引いて垂れ滴《したた》る。

「やだ、もう出ちゃってるわ」

「あ、あぁ」

涙目でただ股間を見下ろすなか、亜矢子は亀頭冠をクリクリこねまわした。

先端の切れこみから透明な粘液がしとどに溢れ、熟女の美しい指を穢していく。昂奮のパルスに身を灼《や》かれ、白濁の溶岩流はあっという間に射出口に集中した。

「あ、おっ、も、もう出ちゃう」

「だめよ、こんなんでイッちゃ。もっと気持ちいいことしたくないの？」

「あ、うっ」

美熟女は先日と同様、ペニスの根元を指で押さえつけ、射精欲求を無理やり抑えこむ。イキたくてもイケないもどかしさに腰を震わせた瞬間、亜矢子は腰を落とし、唇の狭間からイチゴ色の舌を差しだした。

舌先からハチミツを思わせる唾液がツーっと滴り、充血の強ばりをテラテラと照り輝かせていく。

また、手コキで天国まで導いてくれるのだろうか。

大いなる期待感に胸を弾ませた直後、予想を上まわる痴戯が待ち受けていた。

温かくぬめった舌が、裏茎から縫い目をねめあげたのだ。

「お、ふうっ」

悦楽の性電流が股間を突き刺し、膝から力が抜け落ちる。慌てて背後の岩壁を摑んだところで、亜矢子はふっくらした唇を胴体にすべらせた。

まるでハーモニカを吹くように、顔を左右に傾け、とろみの強い唾液をなすりつける。

「あ、おっ、くっ」

思わず爪先立ちになり、タコさながら口を突きだす。牡の証が火山活動を開始し、少年は腰をひくつかせながら我慢の限界を訴えた。

「あ、あ、だめ……ホントにイッちゃう」

「だめだったら。叔母さんの言うことが聞けないの？　我慢しなさい」

優しげな口調で咎《とが》められ、下腹部の筋肉を引き締める。

「はあふう、はあぁぁっ」

無理にでも息を整えると、亜矢子は満足げな笑みを返し、ピンク色の唇をゆっくり開いた。

赤剝けた頭頂部が口腔に招き入れられ、ぬっくりした感触が上下左右から怒張を包みこんでいく。しっとりした生温かい粘膜が肉胴にへばりついた瞬間、拓也の顔は瞬時にして恍惚に変わった。

「おふっ」

腰をくの字に折り、情欲の戦慄に身を粟立たせる。

（お、叔母さんが、俺のチ×ポを……）

憧れの熟女からフェラチオを受ける妄想を、何度思い描いたことだろう。

眼下の光景はとても現実のことだとは思えなかったが、ペニスに受ける快感は手コキの何倍も気持ちよかった。

（あ……す、すごい）

亜矢子は怒張を根元まで呑みこみ、先端を喉の奥で締めつけてから顔をゆったり引きあげる。口唇の端から大量の唾液が溢れだし、剛直が妖しくぬめりかえった。

「ぐふぅっ」

熟女は頬を窄め、口内を真空状態にしてペニスを引き絞る。腰が持っていかれそうな吸引力に、拓也は目を剝くと同時に込みあげる射精願望を懸命に堪えた。

「ンっ、ふっ」

亜矢子は鼻から甘ったるい吐息を洩らし、本格的な抽送を開始する。そして大きなストロークから顔を前後に打ち振り、怒張にめくるめく快美を吹きこんでいった。

じゅぷっ、じゅぷっ、くちゅ、ぶちゅ、ヴポポポポッ！

淫猥な水音が潮騒を掻き消し、性感覚が限界まで研ぎ澄まされる。熟女はさらに拓也の腰に手を回し、臀部に指を食いこませて怒濤のスライドを繰りだした。

「む、ほっ」

「ンっ！　ンっ！　ンっ！」

小気味のいい吐息をスタッカートさせ、激しいバキュームフェラがいつ果てるともなく繰り返される。

とたんに下腹部がふわふわしだし、瞼の裏で白い光が明滅した。

このまま、えも言われぬ快楽を享受していたい。心の底から思う一方、熟女の奉仕は苛烈さを増し、全身の関節がギシギシと軋《きし》んだ。

経験豊富な熟女は、元夫相手に巧緻を極めたテクニックを磨いてきたのだろう。

目尻を下げ、鼻の下を伸ばした容貌が何ともエロかった。童貞少年がとても耐えられる痴戯ではなく、あまりの快感に肌がピリリとひりついた。

最後の踏ん張りとばかりに唇を噛みしめれば、なんと亜矢子は顔をS字に振り、スクリュー状の刺激を叩きこむ。

ぐちゅぷぷぷっと、派手な猥音が響くと同時に官能電圧が身を焦がした。

「あ、あ、叔母さん、だめ、だめぇっ！　出ちゃうっ！」

射精間近を訴えるも、亜矢子はヘッドバンギングさながら顔を振りたてる。

(や、やばい！　このままじゃ、口の中に出しちゃう！)

泣き顔で再び下腹に力を込めたが、ザーメンはすでに輸精管に飛びこみ、無駄な努力にしかならなかった。

「あ、イクっ……イクっ」

「……ンっ!?」

顔のスライドがようやくストップし、熟女が眉間に皺を寄せる。

(あぁ……やっちまった)

ペニスは何度も脈動し、大量のエキスを放っているらしい。困惑げに唇を歪めた直後、亜矢子は口から怒張を抜き取り、白い喉を緩やかに波打たせた。

「はあはあ……え？」

「すごい量。喉に絡まって、なかなか飲みこめないわ」

彼女は口元に指を添え、上目遣いに微笑を返す。

(ま、まさか……飲んじゃうなんて)

大人の女性が見せた究極の口唇奉仕に、少年は胸をドキドキさせつつ、驚嘆の眼差しを向けていた。

自宅に戻り、やや熱めのシャワーを浴びれば、女芯に微かな疼きが走った。

拓也を岩場の陰に連れこんだのは、亜矢子のほうが家に帰るまで我慢できなかったからだ。

3

肌の露出が多いキャミソールとホットパンツを穿いたのも、彼をその気にさせたい気持ちがあったことは否定できない。

指示どおりに包茎矯正を試みたいじらしさが、女の悦びを満たしてくれた。ペニスは終始勃ちっぱなしで、もどかしげな表情が食べてしまいたいほど愛くるしかった。

女の身体を一から教えたら、どんな反応を見せてくれるのだろう。考えただけで胸が躍り、牝の情念を揺り動かされる。

すっかり発情してしまったのか、いてもたってもいられず、熟女はそそくさと浴室から出ていった。

拓也には先にシャワーを浴びさせ、亜矢子の寝室で待機させている。

このまま、禁断の関係を結んでしまっていいものか。胸がチクリと痛むも、やはりまともな理性は働かない。

大量射精しても萎えないペニスが何度も頭を掠め、女の園が熱く火照った。

洗面台の鏡を覗けば、やけにあだっぽい自身の顔が映しだされる。

女性ホルモンが活性化しているのか、今は母親ではなく、完全なる一人の女になっていた。

熟れた肉体にバスタオルを巻きつけるあいだも、脱衣場をあとにして薄暗い廊下を歩いているときも胸の奥が重苦しい。

覗き見をしたときの拓也も、きっと同じような気持ちだったのではないか。

胸に手を添えながら襖を開けると、少年はすでに布団の中に潜りこんでいた。

畳に放り投げられたバスタオルを目にした限り、どうやら全裸のようだ。

ブランケットを肩まで引きあげ、真剣な表情で天井を見つめる姿に笑いが込みあげる。気分がいくらか落ち着いたところで、亜矢子は室内に足を踏み入れた。

彼は微動だにせず、自分以上に緊張しているらしい。よく見ると、下腹部のあたりが大きなテントを張っていた。

(さっき、たくさん出したばかりなのに)

敷き布団を回りこみ、行灯《あんどん》風のスタンドライトをつけてから照明の紐を引っ張る。

枕元だけがぼんやり照らされると、少年は挙動不審者のように目を泳がせた。

バスタオルを取り外し、ブランケットを捲って布団の中にすべりこめば、拓也の身体は火を噴きそうなほど熱い。

「緊張してるの？」

「……ちょっとだけ」

肌もしっとり汗ばみ、早くも昂奮しているのか、小さな喉仏が上下した。

生唾を飲みこむ様子を見ているだけで、母性本能がまたもやくすぐられ、子宮の奥が甘くひりついた。

薄い胸板を軽く撫でまわすや、痩躯がピクンと跳ねる。

（あたし……きっと地獄に堕ちちゃうわ）

罪の意識が脳裏をよぎったのも束の間、亜矢子の手は胸から下腹、そして股間の中心に伸びていった。

灼熱の棍棒が指に触れ、女の悦びが開花する。手のひらで陰嚢から裏茎を優しく撫であげると、少年は苦悶の表情で身をよじった。

「ん、ふっ」

「あぁ……すごいわ」

インターバルを置いたとはいえ、一度目の射精から三十分ほどしか経っていないのだ。尋常とは思えぬ精力に驚く一方、膣の奥から愛の泉が滾々《こんこん》と溢れでた。

童顔をじっと見据えるなか、恥ずかしいのか、拓也は目を合わせようとしない。桜桃にも似た唇に胸がときめき、気がついたときには自身の唇を重ね合わせていた。

なめからな歯列を舌先でたどり、清らかな唾液をジュッジュッと啜りあげる。

「あ……ん」

少年は鼻から熱い吐息を放ち、あえかな腰をくなくな揺らした。

(あぁ……拓ちゃん、かわいいわ)

少年の様子を薄目で確認しつつ、瑞々《みずみず》しい唇を心ゆくまで貪り味わう。

粘膜と体液をひたすら交換したところで顔を傾け、本格的なディープキスを仕掛ければ、拓也は目を白黒させた。

「ん、ふっ、ふぅぅ」

大口を開いて舌を搦《から》め捕《と》れば、くぷっくぽっと唾液の跳ねる音が響きたち、秘裂から生温かい粘液がしとどにこぼれだした。

内腿をこすり合わせただけでクリットが押しひしゃげられ、青白い性電流が脊髄を這いのぼる。秘園はもちろん、内股は瞬時にして花蜜にまみれ、にっちゅにっちゅと淫靡な音を奏でた。

「ふっ、ふんむぅぅっ！」

拓也がくぐもった声を放つと同時に、ペニスが脈動を開始する。慌てて手を離した直後、彼は頬を真っ赤に染めて身を反らした。

「く、おぉぉっ！」

今日は安全日だけに、できることなら牡の証《あかし》を子宮の奥で受けとめたい。岩場で放出させたのは、暴発を防ぎたいという意味も含んでいたのだ。

心配そうに見守るなか、少年は欲望の噴出を必死に堪えている様子だった。

「……大丈夫？」

「はっ、はっ……はい……はぁぁぁっ」

おそらく、ファーストキスだったのだろう。息継ぎがうまくできなかったのか、拓也は虚《うつ》ろな表情で大きな深呼吸を繰り返す。

ペニスに直接刺激を与えるのは、避けたほうがいいかもしれない。

(まだ若いし、精液の量を考えたら、一度や二度の放出ぐらいじゃ問題ないのかも)

とはいっても、男子中学生の精力の限界など知るよしもなく、亜矢子は少年の息が整うのを待ってから穏やかな口調で問いかけた。

「少しは落ち着いた？」

「え、ええ、でも……」

「でも、何？」

「昂奮しすぎて、油断すると、すぐに出ちゃうかも」

「……まあ。それじゃ、今日はここまでにしておく？」

意地悪く言い放つと、拓也は口角泡を飛ばして拒絶した。

「だ、大丈夫！　我慢します！」

少年のひたむきさが、女心にさらなる火をつける。

「いいわ。それじゃ、拓ちゃんの願いを叶えてあげる。何がしたい？」

しばらくは、イニシアチブをとらせたほうがいいかもしれない。そう考えた亜矢子が提案すると、拓也は口を噤《つぐ》んでモジモジした。

「どうしたの？」

「あ、あの……」

「男の子でしょ。はっきり言いなさい」

「……見たいです」

「え？」

「お、叔母さんのあそこを……見たいです」

この年頃の男の子は、やはり異性の恥部にいちばんの興味があるのだろう。

ある程度の予想はしていたとはいえ、いざとなると恥ずかしい。

(そうだわ。スタンドライトをうまく使えば、はっきり見えないかも)

意を決した亜矢子はブランケットを剝《は》ぎ、すぐさま身を起こした。

「いいわ、見せてあげる。拓ちゃんも起きて」

「あ、は、はい」

少年は股間を手で隠しつつ、目を輝かせて跳ね起きる。

枕を横に押し除《の》け、スタンドライトを背にし、女座りから体育座りに取って代われば、拓也はさっそく正座の状態から身を屈めた。

まだ両膝を揃えたままの姿勢だったが、彼の目は瞳孔が開き、大きく拡げた鼻の穴から息がブワッと放たれる。

(まるで……野獣みたい。そこがまたかわいいけど、まさか見せただけでイッちゃうなんてことないわよね)

一抹の不安を感じる反面、身体の火照りはますます高まるばかりだ。

亜矢子は後ろ手をつき、両足をそろりそろりと開いていった。

4

（いよいよ、叔母さんのおマ×コをじっくり見られるんだ）

肉づきのいい太腿が徐々に開き、熱い視線が股間の一点に注がれる。

熟女の肌から放たれる甘い香りと著しい性的な好奇心から、ペニスは下腹にべったり張りついたままだ。

欲望の塊は出口に集中していたが、こんなところで射精するわけにはいかない。

女性器の構造を目に焼きつけ、できればなし崩し的に童貞を捨てたかった。

セックスを経験したと知ったら、潤一郎は地団駄を踏んで悔しがるだろう。

果たして、亜矢子にその気はあるのか。

彼女の心の内までは読めなかったが、女の身体を教えてくれるのは間違いないのである。息を潜めて待ち受けるなか、拓也は反射的にV字に開いた足のあいだに頭を突っこんだ。

とたんに足が狭まり、暗くてよく見えない。

両太腿を強引に割り開いて目を凝らせば、頭上から困惑の声が洩れ聞こえた。

「あ、ちょっと……」

かまわず顔を寄せ、羞恥の源に好奇の眼差しを向ける。

(あ、あ……叔母さんのおマ×コだ！)

ふっくらした恥丘の膨らみが視界に入り、拓也は心の中で快哉《かいさい》を叫んだ。

絹糸にも似た繊毛が楚々《そそ》とした翳りを作り、真下に息づく厚みのある女唇は簡素な縦筋とは異なる様相を呈している。

秘裂の上部からちょこんとはみでた小さな突起が、クリトリスだろうか。

軽いウェーブのかかった二枚の襞は下方に向かうにつれて細くなり、膣口に巻きこむように続いていた。

ぬっくりしたパッションフルーツの芳香が鼻腔に忍びこみ、股間の逸物がビンビンになる。拓也は下腹部の筋肉を硬直させ、射精欲求を必死に堪えた。

(あ、ぬ、濡れてる⁉)

スリットの下側から愛液らしき粘液が滲みだし、よく見ると、大陰唇や鼠蹊《そけい》部もぬめり返っている。

間違いなく、叔母は淫らな行為を仕掛けながら昂奮していたのだ。

「はあはあっ」

知らずしらずのうちに息が荒くなり、喉がカラカラに渇く。じっとしていられずに指を伸ばせば、内腿の柔肉がふるんと揺れる。

「あ……拓ちゃん、触っちゃだめよ」

亜矢子の言葉を無視して撫でつけたとたん、恥裂からとろっとした花蜜が溢れでた。さらにはクリットが包皮を押しあげ、コリコリと凝った肉粒を露にさせる。ルビー色に輝く女芯を目の当たりにし、少年は色めき立った。

「はっ、ふっ、だめ、だめよ」

叔母は身をよじり、媚びを含んだ声を放つ。経験豊富な大人の女性が、拙《つたな》い指技でもそれなりに感じているのだ。

神秘的とさえ思える女体の反応に、高揚感が嵐のごとく吹き荒れ、拓也は本能の赴くまま指の動きを速めていった。

陰唇が口をぱっくり開き、中から愛液まみれの膣内粘膜が覗く。鮮やかな紅色の媚肉はとろとろしており、とば口でさえ溶鉱炉のごとく燃えさかっていた。

恥臭もより濃厚になり、獰猛な性衝動をことさら駆り立てる。

「ひぃうっ！」

指先が肉豆に触れた瞬間、亜矢子は奇妙な呻き声をあげ、上体を弓なりに反らした。

潤一郎の情報によると、クリトリスはペニスに相当するものらしい。究極の性感ポイントだと判断した少年は、躍起になって半透明の真珠をあやした。

「ンっ、はっ、ひゃうっ、や、はぁあぁっ」

肉厚の腰がくねりだし、葛湯《くずゆ》にも似た淫蜜が恥裂から溢れでる。亜矢子は目元を赤らめ、後ろ手をついたまま湿っぽい吐息を盛んにあげた。

体内に吹きすさぶ官能の嵐に耐え忍ぶ表情が、牡の情欲と征服願望を極みまで追いつめる。

「あぁ、拓ちゃん、いい、気持ちいいわぁ」

「ここ?」

「そ、そう、そこ……ン、ふわぁあ」

熟女の顔と女芯を交互に見やるあいだ、深奥部で牡のエキスが荒れ狂った。扇情的な媚態と艶っぽい表情を延々と見せつけられ、射精への導火線に火がともる。

(あ、あああっ……もう我慢できないよ)

激しい排出願望に顔を歪めれば、熟女は身を屈めて両手を伸ばし、拓也は上半身を強引に引き起こされた。

彼女はすかさず唇に貪りつき、痛みさえ覚えるほどの吸引力で舌を吸いたてる。

突然の出来事に性欲が怯《ひる》んだところで、多少なりとも気持ちが落ち着いたが、ペニスは相変わらず疼きっぱなしだ。

「ンっ、ふっ、ンふぅ！」

亜矢子はチュバチュバッと唾液を啜りあげたあと、顔を離し、舌で濡れた唇を悩ましげになぞりあげた。

「お、叔母さん」

縋《すが》りつくような視線を向けた直後、熟女は仰向けに寝転がり、量感をたっぷりたたえた太腿を左右に開く。

「はあはあ……来て」

彼女も男女の結合を求めており、自分と同じ気持ちなのだ。

新たなエネルギーが全身に漲り、テンションが高まった。来《きた》るべき瞬間に身が震え、剛直がひと際反り返った。

亜矢子が寝そべったことで、スタンドライトの光が股の付け根まで届き、今では溶け崩れた女芯がはっきり見て取れる。ふっくらした花弁はすっかり裂開し、内粘膜は男根の侵入を待ちわびるかのようにひくついていた。

「……あ、あぁ」

割れ目から濁り汁が絶え間なく溢れ、会陰から裏の門まで滴り落ちる。

意を決した拓也は、童貞喪失の瞬間に全神経を注ぎながら腰を突きだした。

(い、挿《い》れるんだ……叔母さんのおマ×コに、チ×ポを挿れるんだ)

ズル剝けたペニスを握りこみ、秘肉の狭間に切っ先を押しつけたものの、亀頭冠はなぜか膣口をくぐり抜けない。

「あ、あれ?」

挿入場所が、違うのだろうか。口をへの字に曲げて焦ったものの、すっと伸びた手が怒張に絡みつき、宝冠部を恥割れの下方へと導いた。

敏感な鈴口にヌルッとした感触が走り、官能電流が射精を促したが、眉間に皺を刻んで耐え忍ぶ。

「……ここよ。来て」

先端が小さな窪みにあてがわれた瞬間、拓也は無意識のうちに腰を繰りだし、男根はさほどの抵抗もなく膣内に埋めこまれていった。

「あ、あ、あ……」

「ん、むむっ!」

二人の口から同時に喘ぎ声が洩れ、雁首がとば口を通り抜ける。とたんに柔らかい肉襞がペニスを包みこみ、ぬっくりした感触と凄まじい快感が身を貫いた。

（おっ、おっ、こ、これが……おマ×コの中。あぁ、こんなに熱いものなんだ）

驚きに続いて秘境の温泉に一人浸かっているような安息感が込みあげ、身も心も蕩けんばかりの愉悦が身を覆い尽くす。

「もっと……奥まで挿れて」

言われるがまま腰を突き進めれば、剛槍に受ける快美はますます増し、少年はこめかみの血管を膨らませて射精を堪えた。

ペニスが根元まで埋没し、ぬくぬくの膣壁が胴体を上下左右から締めつける。媚肉は微かなうねりを繰り返し、猛々しい牡の証をゆったり揉みこんだ。

（オ、オナニーなんかより、百倍気持ちいいよぉ）

あまりの快感に腰をまったく動かせず、やや前屈みの体勢から肛門を引き締める。

やがて亜矢子が腕を回し、強く引き寄せられると、二人は自然と抱擁する体勢へと変わった。

「はあ……拓ちゃんのおチ×チン、硬くて大きいわ」

ふくよかな胸が合わさり、乳房の弾力感に陶然としてしまう。

これも本能なのか、拓也は乳丘を手のひらで揉みしだき、ツンと突きでた薄紅色の乳頭を舌先で転がした。

「あっ、あっ、いい」

くびれでたポッチも、性感帯のひとつなのだろう。

よがり声に背中を押され、やや力を込めて引き絞れば、乳肉は手のひらからはみだし、あっという間に楕円に形を変える。

ババロアさながらの感触にうっとりした直後、亜矢子は腰を派手にくねらせた。

(……あっ⁉)

愛液でとろとろの媚肉が男根を引き転がし、脳裏で七色の閃光が瞬く。

「ぐっ、ぐうっ！」

挿入したばかりなのに、放出するわけにはいかない。顔を歪めて自制したものの、煮え滾るエキスは少年の努力を嘲《あざけ》るように射出口に飛びこんだ。

「お、お、おおっ」

欲望の噴流を止められず、天を仰いで咆哮する。

「……あ」

男子の本懐を悟ったのか、亜矢子は寂しげな表情を見せたが、彼女の様子までは目に入らず、拓也は臀部の筋肉を延々と引き攣らせたあと、ぐったりした顔で豊満な身体にもたれかかった。

「はあはあはあっ」

愛しの熟女は何も言わず、後頭部と背中を優しく撫でさする。

(や、やっちまった……また暴発しちゃうなんて)

後悔してもしきれず、拓也は息が整うのを待ってから申し訳なさそうに呟いた。

「ご、ごめんなさい」

「……いいのよ。初めてだもの、仕方ないわ」

「でも、叔母さん……満足できなかったでしょ？」

「あら、心配してくれてるの？　初体験で女の人をイカせようなんて、いくら何でも無理よ」

思いやりのある言葉に緊張がほぐれ、いくらか心が軽くなる。ゆっくり頭を起こすと、亜矢子は温かみを宿した目を向けた。

(叔母さん、やっぱり好きだ。大好きだよ)

胸が甘く締めつけられ、人を愛する喜びに心が弾む。

「それにしても、たっぷり出したわね」

下腹部を見下ろせば、ペニスは膣の中にぐっぽり差しこまれたままだ。媚肉はいまだに収縮を繰り返し、勃起が萎える気配は微塵もなかった。

いったんは収まりかけたムラムラがまたもや込みあげ、自分の意思とは無関係に腰が微かなスライドを始める。

「……あ」

亜矢子は一瞬、瞳に動揺の色を浮かべたものの、すぐさま細眉をたわめ、半開きの口から熱い吐息を放った。

「し、信じられないわ。二回も出してるのに、小さくならないなんて」

「お、叔母さん、ぼく……出し足りないよ」

「う、嘘……あ、ンっ」

拓也はガバッと身を起こし、正常位の体勢から腰をガンガン打ちつけていった。

二度の射精が功を奏したのか、すぐに放出することはなさそうだ。

「あ、あ、やっ」

美熟女は苦悶に顔を歪めて身をよじるも、逞《たくま》しいピストンで駄々をこねる肉を掻き分ける。

「やっ、すごい、すごいわ！　ン、ふぅぅっ！」

「お、叔母さぁん」

気がつくと、拓也は恥骨をしゃくり、がむしゃらに腰をシェイクしていた。

結合部から溢れでたザーメンがグッチュグッチュッと卑猥な音を響かせ、大量の花蜜をまとった怒張が目にもとまらぬ速さで抜き差しを繰り返す。

「んッハァァァあッ、あいいィン！」

亜矢子は大股を開いたまま、シーツを引き絞って高らかな嬌声を張りあげた。

顎から滴った汗が、生白い腹部にポタポタ落ちる。ペニスと陰唇のあいだに白濁の糸が幾筋も引かれ、周囲には熱気とふしだらな媚臭が立ちこめた。

できれば美しい叔母を絶頂にまで導き、自分の存在価値を知らしめたい。心の底から願ったものの、頭の中はすでに青白い火花が無数に飛び散り、下腹部には精液をポンプで吸いあげられるような感覚が走っていた。

腰の律動を再開してから三分も経っていなかったが、とてつもなく長い時間に感じられる。

初体験を済ませたばかりの少年には、ここまでが限界だった。

「お、おおっ、おおおっ」

ピストンを緩めようにも、あまりの快美から止められない。

暴走機関車の駆動のごとく腰を振りつづければ、沸騰した特濃ミルクが自制の器から一気に噴きこぼれた。

「ああっ！　ぼく、イッちゃう！　またイッちゃうっ!!」

「いいわ、出して！　たくさん出してっ!!」

亜矢子が泣き顔で告げ、ヒップをグリンとグラインドさせる。イレギュラーな刺激を吹きこまれた瞬間、肌が総毛立ち、拓也は大口を開けて放出の瞬間を叫んだ。

「あっ!?　イクっ、イックっ！」

こなれた媚肉が、とどめとばかりに男根を強烈に引き絞る。

人格が破壊されるのではないかと思うほどの快楽に浸りつつ、少年は熟女の柔肉の中に灼熱の奔流をしぶかせた。

第四章　覗き見た秘密の恥態

1

十月に入り、亜矢子に童貞を捧げてから半月余りが過ぎた。

女の身体を知ったことで、性欲は落ち着くどころか、ますます募り、淫らな妄想が絶えず頭を掠め飛んだ。

本来なら毎日でも肌を合わせたかったのだが、拓也には学校が、亜矢子には仕事がある。休日は真美や祖母が家にいるため、美しい熟女と二人きりになれる機会は一度もなく、自慰行為で欲望を発散する日が続いた。

（はあぁっ……これで四日連続のオナニーか）

家人が寝静まった深夜、トイレで精を抜いた拓也は切なげな溜め息をついた。

誘いをかけたい気持ちはあったものの、亜矢子が距離を取ろうとしているのは何となくわかっていた。

甥と背徳的な関係を結んだのだから、後悔がないと言えば嘘になるだろう。

理屈ではわかっていても、女体が与えてくれる快楽を知ってしまった今、好奇心旺盛な少年にまともな倫理観が働くはずもなかった。

堪えきれない欲望に翻弄され、ただやりたいという本能だけに衝き動かされる。

（あぁ、今度はいつエッチさせてくれるんだろ）

二日後の週末には島のイベント、家族キャンプが催される。チャンスがあるとすれば、そのあたりか。

（同じテントに泊まることになるし、真美ちゃんが寝たあとに外に連れだすことはできないかな）

あれこれと思案を巡らせながら自室に戻る途中、廊下に面した窓を横切った拓也は暗闇の中で揺らめく人影に眉をひそめた。

（ん、何だ？）

足を止め、窓の隙間から覗けば、パジャマ姿の亜矢子が蔵に向かって歩いている。

（こんな時間に、どうしたんだろう？）

樹本家の人間は昔から漁業に従事しており、曾祖父の代まで長として多くの若衆を束ねていたらしい。歴史を感じさせる日本家屋の横に、立派な蔵を所有していた。

拓也も何度か足を踏み入れたことがあるが、古い調度品や漁具が置かれているだけで、高価なお宝の存在など期待できそうにない場所だった。

（あんなカビ臭いところに、何の用があるんだ？）

理屈抜きで胸が騒ぎ、じっとしていられなくなる。

少年はすぐさま玄関口に向かい、サンダルをつっかけるや、音を立てないように家の外に出ていった。

三角形の瓦屋根に、漆喰《しっくい》の壁。チャコールグレーの引き戸は蝶番《ちょうつがい》が外され、亜矢子が室内にいるのは明らかだ。

扉を開けて中を確認するわけにもいかず、拓也はとりあえず闇の中にぼんやり浮かんだ白い建物を迂回した。

（明かりが洩れてる）

壁の上部を見上げると、通気口代わりの格子窓がはめこまれている。あそこから、蔵の中を覗けないだろうか。

あたりをキョロキョロ見まわせば、木製のフラワースタンドが目に入る。

砂利道を戻って確認すると、棚板が上下の二段に分かれており、脚立の代わりに使えそうだった。

プランターを慎重に下ろし、フラワースタンドを手に取って返す。

窓の下に置き、棚板を昇って蔵の中を覗きこんだ瞬間、拓也は心の中で、あっという悲鳴をあげた。

裸電球の下、男と女が抱き合い、唇を重ね合わせていたのである。

2

不要品が雑然と置かれた中央に空きスペースがあり、木の床に毛布らしき敷物が置かれている。女性は紛れもなく亜矢子で、はだけたパジャマの合わせ目からたわわな乳房が覗いていた。

男の顔を目にすれば、今度はカナヅチで頭を殴られたような衝撃が走る。

(う、嘘だろ?)

がっしりした体格の男性は潤一郎の父親、勝治《かつじ》だった。

林業に従事する彼は肌が浅黒く焼けており、丸太を思わせる太い腕と太腿が逞しさを見せつける。彼は服を着たままだったが、ズボンの前が開いており、股間の膨らみを亜矢子の下腹に押しつけていた。

（ど、どうして……）

清廉《せいれん》な美熟女が真夜中に男と密会しているとは、とても信じられない。ましてや相手は友人の父親なのだから、拓也が受けたショックは計り知れないほど大きかった。

どす黒い感情が湧き起こり、燃えあがる嫉妬心に身が焦がれる。

妻帯者の勝治と関係を結べば、不倫以外の何ものでもないのだ。

長いディープキスが途切れると、脂ぎった中年男はさもうれしげに呟いた。

「おおっ……あんたとこうしてるなんて、信じられんよ。今まではいくら誘っても鼻も引っかけなかったのに、どういう風の吹きまわしかな？」

「それは……」

亜矢子が困惑げに俯くと、勝治はニタニタと笑い、したり顔で答えた。

「皆まで言わんでもええ。女盛りだしな。身体が夜鳴きすることもあるだろ。俺を選んでくれたことに感謝しないとな」

二人の会話を耳にした限り、逢瀬《おうせ》は今夜が初めてらしい。だからといって納得できるはずもなく、拓也は瞬きもせずに蔵の中の様子を凝視した。

「あ、ンっ」

ゴツゴツした手がパジャマの合わせ目から忍びこみ、亜矢子が顔をしかめる。

勝治は乳丘を手のひらで引き絞り、中腰の体勢からなめくじのような舌でくびれた乳首を舐め転がした。

（あぁ、汚い手で叔母さんに触るな！）

友だちの父親とはいえ、激しい殺意が芽生える。よくよく考えてみれば、潤一郎に観せられた無修正ビデオの女優は亜矢子に似ていた。

おそらく以前から恋心を抱いており、我がものにしようと狙っていたのだろう。

（あぁ、叔母さん。何でこんな奴と……）

淫靡な笑みを浮かべた男は、空いた手で美熟女の背中からヒップをねちっこく撫でまわした。

「おおっ……この豊満な尻、たまんねえ。この日が来ることを、何度夢見たことか」

「あ、あぁンっ」

亜矢子は眉根を寄せ、肩をピクンと震わせる。顔だけ見れば、いやがっているように思えるのだが、彼女は自ら待ち合わせ場所に赴いたのだ。

ひょっとして何か弱みを握られ、脅迫されたのではないか。そうであってほしいと願う一方、股間の逸物がひりつきだす。

手に汗握った瞬間、勝治はパジャマズボンを引き下ろし、亜矢子は拒絶するかのように腰を落とした。

毛布の上に座りこむ格好になり、同時に中年男も膝をつくや、ベージュ色の布地をショーツもろとも剝き下ろしていった。

「あ、やっ」

「裸にならなきゃ、楽しめんだろ？　これからは、俺がたっぷりと慰めてやるよ」

「きゃっ」

ズボンと下着が足から抜き取られ、亜矢子がバランスを失って後ろ手をつく。彼女は慌てて足を閉じたが、勝治はすかさず膝に手をあてがい、これまた強引に割り開いていった。

「さあ、ご開帳だ」

女の聖域が露になったところで、男が股の付け根に顔を突っこみ、熟女が苦悶の表情から白い喉を晒す。

（く、くそっ！　叔母さんのおマ×コをっ！）

自分も乳房を触ったり舐めたりしたが、女芯を口では愛撫しなかった。一刻も早く童貞を捨てたかったため、そこまで余裕がなかったのだ。

あまりの悔しさに瞳孔が開き、下唇を血が滲むほど噛みしめる。勝治の頭に遮《さえぎ》られ、女の園が覗けないことも少年の苛立ちを増幅させた。

息を潜め、亜矢子の表情をまじまじと見据える。

「あっ、やっ、ンっ、やあぁっ」

ピチャピチャと猫がミルクを舐めるような音が聞こえ、熟女が右手の小指をカリッと噛む。しっとり濡れた瞳、朱に染まった頬、狂おしげにくねる腰。悩乱姿を見るにつれ、海綿体に大量の血液が集中していく。

愛する女性が間男の餌食《えじき》にされているのに、性的な昂奮に抗《あらが》えない自分が情けなかった。

すぐにでも蔵の中に飛びこんで二人を引き離したかったが、腕力では敵うはずもなく、今は指を咥えて見守るしかないのだ。

「はっ、やっ、く、ふううっ！」

亜矢子が色っぽい声を放つたびに胸が抉られ、悔し涙がこぼれ落ちる。

(ち、ちっくしょう！)

ねちっこい口戯は、いつまで続くのか。拳を握りしめた刹那、熟女は腰を前後にわななかせ、勝治は満足げな顔で身を起こした。

「ふふっ、亜矢子さんのおマ×コ、最高に美味だ。俺のムスコもビンビンだよ」

「はあはあっ」

クンニリングスがよほど気持ちよかったのか、亜矢子は股を開いたまま肩で息をする。目はいつしか焦点を失い、肉びらはほころび、電灯の光を反射してぬらぬらときらめいていた。

「さて、こっちのほうも楽しませてもらおうか」

勝治はそう言いながら立ちあがり、ズボンを引き下ろす。ジャックナイフのごとく跳ねあがった肉根を目にした瞬間、背中を伝った汗が一瞬にして冷えた。

3

栗の実を思わせる亀頭、真横にドンと張りだした肉傘、今にも張り裂けんばかりの静脈。長大な逸物の圧倒的な迫力に、拓也は呆気に取られた。

(で、でかい……何だよ、あのチ×ポ)

大人になると、あれほど成長するのだろうか。いや、勝治のペニスはエロビデオの男優よりもふたまわりは大きく見える。

亜矢子は息を呑み、目を見開いて股間の一点を注視していた。

「ここに来る前から、ずっと勃ちっぱなしだよ」

間男は腰に手をあてがい、赤褐色の怒張をこれ見よがしに突きだす。余裕綽《しゃく》々《しゃく》の表情から察するに、股ぐらの凶器によほどの自信があるようだ。

勝治の年齢は、四十代半ばあたりか。二十代の若者ならまだしも、四十路を過ぎた男の勃起力とはとても思えなかった。

「さあ、口で気持ちよくさせてくれ」

あんな巨大なモノを、咥えられるわけがない。

鳥肌を立たせた直後、勝治は亜矢子の目の前で鋼《はがね》の蛮刀を指で弾いた。

「……あっ」

熟女の目がとろんとしだし、唇の隙間で舌が悩ましげにすべる。

女性も熟れごろを迎えると、逞しい逸物を欲《ほっ》するようになるのか。

亜矢子は喉を緩やかに波打たせたあと、顔を男根にゆっくり近づけていった。

(叔母さん！　やめて、やめてっ!!)

心の叫びが届くはずもなく、隆々と漲る肉根が唇の狭間に呑みこまれていく。すかさず頬がぺこんとへこみ、顔が面長に変貌するも、少年の目にはやけにエロチックな表情に見えた。

（あ、あぁ……）

飴色の極太が口腔に姿を消していき、根元まで埋めこまれる。

「くっ、くぷぅっ」

亜矢子が苦しげな呻き声をあげるや、勝治はゆったり腰を引き、とろとろの唾液にまみれた棍棒が妖しい照り輝きを放った。

「おおっ、最高に気持ちいいや」

間男は裏返った声を放ち、臀部にえくぼを作って腰の律動を開始する。

（あ、あ……すごい）

拓也にイラマチオの知識はなく、非人間的な痴戯をただ呆然と見つめた。

ヴポッ、ヴポッ、ヴパッ、ヴプププッ！

濁音混じりの猥音が高らかに響き、唇の隙間から半透明の唾液が滴り落ちる。

亜矢子は目尻に涙を溜め、毛布に爪を立てた。

苦しくないのか、怒りを覚えないのか。

ハラハラしながら見守るも、美熟女は抵抗することなく目を閉じたままだ。

白濁化した唾液が顎から糸を引いても、あこぎな強制奉仕は止まらない。

愛する女性がひどい仕打ちを受けているにもかかわらず、少年のペニスは破裂せんばかりに昂った。

中年男が見せる牡の荒々しさに、ひ弱な自分を投影しているのか。拓也は内股の状態から煮え滾る股間を右拳で押しつけ、逆巻く欲望を必死に抑えこんだ。

「はっ、はっ、グラマーな女は、やっぱり口の中も肉厚なんだな。くうっ……チ×ポが蕩けそうだ」

勝治は上ずった声で独り言を呟き、視線を虚空にさまよわせる。それでも射精までは至らず、まがまがしいプレイが延々と続いた。

(俺があんな激しいことしたら、一分も保《も》たないかも)

嫉妬と羨望が入り混じった眼差しを注ぐなか、逞しい腰の動きが止まり、肉棒が口から抜き取られる。パンパンに膨れあがった肉棒は玉虫色に輝き、おどろおどろしい様相を呈していた。

「けほっ、けほっ」

亜矢子が胸に手を添えて噎《む》せるも、勝治は意に介さず、腰を落として太腿を割り開く。そして悪鬼の笑みを浮かべ、女の秘園に猛禽類にも似た目を向けた。

「ふふっ……おマ×コ、大洪水じゃないか」

「はっ、やぁっ」

拓也は身を強ばらせたまま、もはや茫然自失していた。

相手の気持ちを無視した強制奉仕から、愛液を湧出させるなんて考えられない。

嘘であってほしいと願った直後、大きな手がプライベートゾーンに伸び、卑猥な擦過音が響き渡った。

「クリちゃんもビラビラも、こんなに大きくさせて」

「ン、ンふぅぅっ！」

「ほしいか？」

勝治が目を細めて問いかけ、心臓の鼓動が一気に跳ねあがる。

できることなら、拒絶してほしい。思わず身を乗りだした瞬間、少年の願いは無残にも打ち砕かれた。

「ほしい……ほしいです」

眉尻を下げて施しを請う姿に、ふだんの清廉とした佇まいはかけらもない。

激しいショックを受けつつも、熟女の心の内は少なからず理解できる。成熟した女性が、精通を迎えたばかりの子供相手に満足できるはずがなかったのだ。

女にとっては、逞しさはもちろん、多少の強引さも魅力のひとつなのだろう。ましてや亜矢子は元人妻だけに、男っ気《け》のない生活はさぞかしつらかったのではないか。理屈ではわかっていても、未熟な少年は目の前の事態を消化できなかった。

男の無骨な質問に対し、媚びを含んだ声で答える様子を見れば、欲望の証で身を貫かれたいという牝の本能には逆らえないのかもしれない。

(でも……どうして今なんだよ)

彼女は、どういうつもりで筆下ろしをしたのか。手ほどきをしてくれたときのあの優しい笑みは、まやかしだったのか。

他の男とまぐわうなら、自分が島を離れたあとにしてほしかった。

胸の奥を軋ませた刹那、勝治は亜矢子を抱きかかえながら仰向けに寝転がった。

「……あ」

「チ×ポ、あんたが挿れてくれ」

逞しい芯が入った裏茎が晒され、熟女が褐色の腰を跨がる体勢から戸惑いの表情を見せる。

拓也は悔し涙を流しつつ、蔵の中の光景を食い入るように注視した。

4

「ぐずぐずしてると、夜が明けちゃうぞ」

脂ぎった中年男がニヤリと笑い、美熟女が身をよじって恥じらう。やがてしなやかな指がためらいがちに伸び、下腹に張りついた剛直を垂直に起こした。

(あぁ……叔母さん。ホントにしちゃうの?)

亜矢子が中腰になり、肉刀の切っ先を股ぐらに押しこむ。ヒップが沈みはじめると同時に顔がくしゃりと歪み、腰の動きがピタリと止まった。

「あ、あ……」

やはり巨大な逸物は膣口を通らず、さもつらそうに見える。

勝治にとっては想定内なのか、小憎らしげな笑みを浮かべて腰を突きあげ、凶悪な棍棒が膣の中にズブズブと差しこまれていった。

「あ、ンっ!?」

恥骨が下腹にピタリと合わさり、どうやら結合が完了したらしい。目の当《ま》たりにした現実をどうしても受けいれられず、拓也は魂を抜き取られたような顔をした。

股間の中心は燃えさかっているのに、頭の芯は妙に冴え、唇の端だけが小刻みに震える。吐息をひとつこぼした亜矢子は、切なげな表情のままヒップを前後にスライドしていった。

「む、むうっ……気持ちいい。あんたの中、とろとろでチ×ポをキュンキュン締めつけてくる」

恥骨の打ち振りは目に見えて速度を増し、熟女の目元がまたもや紅潮していく。すりこぎ棒を思わせる肉筒は、彼女に多大な快楽を与えているのだろう。

にちゅくちゅと接合部から卑猥な音が響きだし、勝治の下腹が瞬く間に愛液でぬめりかえった。

（お、叔母さん……気持ちいいんだ）

黒目がちの瞳はしっぽり濡れ、虚ろな視線が宙を舞う。唇を舌で何度もなぞる仕草は、熟れた肉体に生じた快楽を自ら享受しているとしか思えなかった。

「ンっ、ふっ!?　あ、あぁぁっ」

勝治も負けじと腰を振りだし、亜矢子の身体が上下にバウンドする。パジャマの合わせ目が完全にはだけ、ドンと突きでた巨房が今にもちぎれそうなほど揺れた。

「膝を立ててくれ」

間男の要求を拒むことなく、美熟女は和式トイレの体勢に取って代わる。そして大股を開き、豊かなヒップをズンズンと打ち下ろしていった。

「あ、あ、あ……あぁンっ」

髪を振り乱し、上半身がマリオネットのごとく揺れる。ときおり天を仰ぎ、ソプラノの声を喉の奥から絞りだす。

（は、入ってるとこが……丸見えだ）

極太のペニスが膣への出入りを繰り返し、根元や恥毛には白濁化した愛液がべったり張りついていた。

亜矢子は紛れもなく、頑健な蛮刀を膣内に受けいれているのだ。

ひたすら愕然とするなか、勝治は身を起こし、座位の体勢から乳房に貪りつく。

「あ、はぁあっ」

しこり勃った乳頭をじゅっぱじゅっぱと舐《ねぶ》り、唇を尖らせて吸引する姿は、肉食動物が草食動物に食らいついているかのように見えた。

分厚い舌で乳丘をベロベロ舐めまわす悪鬼の表情に、吐き気さえ催してしまう。それでも熟女は身をくねらせ、口から洩らす吐息の間隔もどんどん狭まっていった。

「まだまだだぞっ！」

勝治は押し倒した亜矢子の左足を抱《かか》えあげ、結合したままの状態から床に寝そべり、横バックの体勢から怒張をガンガン突きたてた。

足がV字に開いているため、結合部は騎乗位よりもはっきり見て取れる。

充血した肉びらは外側に捲れ、スライドのたびにじゅくじゅくした内粘膜が今にも飛びださんばかりに盛りあがっていた。

（す、すごい）

初めて目にした体位に度肝を抜かれ、昂奮のボルテージがいやでも頂点に引っ張られる。亜矢子の額と頬、そして首筋はいつの間にか汗でぬらついていた。

「あン、あン、あン、やぁあぁぁっ」

甘え泣きが徐々に高みを帯び、苦悶の表情から身を打ち揺する様は凄艶という表現がぴったりの乱れようだ。

「ぬ、おおおっ」

「ひ、ぃぃぃぃぃっ！」

勝治が歯を剝きだし、マシンガンピストンから大きなストロークに移行する。肉棒は大量の愛液にまみれ、さらに膨張しているかに思えた。

二人の肌から汗が噴きだし、ぬっくりした淫臭が拓也の鼻先まで漂う。間男の猛烈ピストンは延々と続き、やがて大口を開けた亜矢子が黄色い声を張りあげた。

「ああっ、やぁ、やぁあぁっ！」

「イキたいんだったら、いつイッてもいいぞっ！　何度でもイカしてやるからな!!」

「あ、ンふぅっ！」

勝治はすかさず身を起こし、今度は後背位の体勢から剛直を叩きこんでいった。

腕の筋肉が盛りあがり、下腹が豊満なヒップをバチンバチーンと打ち鳴らす。尻肉の表面がさざ波状に震え、俯き加減の亜矢子の口から嗚咽が洩れる。

めまぐるしく変わる体位をこれでもかと見せつけられ、拓也はもはや顔色をなくしていた。

ねちっこい愛撫と激しいセックスは、とても真似られるものではない。童貞を捨てたばかりの自分では五分どころか、三分も保たないだろう。

これが、大人の男女の営みなのだ。すっかり自信喪失した少年は次の瞬間、肩をビクリと震わせた。

「あ、はあぁあっ！　いやっ！　いやぁあぁぁっ!!」

逞しい臀部がグリングリンと回転し、絹を裂くような悲鳴が空気を切り裂く。長大な肉茎が膣壁を攪拌《かくはん》しているのか、豊臀がひと際大きくわなないた。

「だめっ、だめなのぉぉっ！」

「く、おおぉぉっ！」

ラストスパートとばかりに、勝治が息もつかせず肉の砲弾を撃ちこむ。ヒップがキュンキュンと引き攣り、亜矢子が絶頂間近にいることはいやでもわかった。

口惜しい気持ちとは裏腹に、獣じみた情交が少年を官能の深淵に叩き落とす。ペニスの芯が疼きまくり、睾丸がクンと持ちあがる。

（あ、ああ……お、叔母さん）

さまざまな感情が入れ乱れ、自分が自分でなくなってしまったかのような感覚だった。

分水嶺はやがて牡の本能へと溢れだし、欲望の内圧が極限に達する。

「イクっ、イクっ！　イッちゃう!!」

「お、俺もイキそうだっ！」

「あ、ひぅぅぅっ！」

勝治も我慢の限界を迎えたのか、顔を真っ赤にし、パンパンに腫れた肉棒を膣から引き抜いた。

「ぬ、おおぉぉぉっ」

どろどろの肉棒を自らしごき、四十半ばの男とは思えぬ量のザーメンを鈴口から解き放つ。一発二発三発と、濃厚なエキスはひくつきを繰り返すヒップに降り注いだ。

「あ、ンふぅっ」

愉悦の高波が襲いかかっているのか、亜矢子は鼻にかかった声をあげ、毛布の上に横から崩れ落ちる。

勝治はすかさず彼女の身体を跨ぎ、精液まみれの男根をグイッと突きだした。

「き、きれいにしてくれ」

熟女は肩で息をしながら目をうっすら開け、やや萎えはじめたペニスに虚ろな視線を向ける。

(や、やめて……)

少年の哀願虚しく、亜矢子は唇を開き、赤褐色の亀頭を口に含んでいった。

奥歯をギリリと噛みしめるも、ねっとりしたお掃除フェラがやけに悩ましく、少年の性欲もついにリミッターを振りきった。

(あ、あ、あうぅっ……)

灼熱の淫液がパンツの中に放たれ、泣きそうな顔で身を震わせる。拓也は下腹部に広がる甘美な感覚に酔いしれる一方、惨めな放出に口元を強ばらせた。

第五章　保健室での背徳プレイ

1

　翌日の午前十時過ぎ。拓也が貧血で倒れたという連絡を絵理から受けた亜矢子は、軽自動車で中学校に向かった。

　駐車場に車を停め、通用口から一階の隅にある保健室に向かう。授業中なのか、校舎の中に人影はなく、しんと静まり返っていた。

　扉をノックしてから引き戸を開けると、絵理が事務椅子から立ちあがり、ゆっくり歩いてくる。

「貧血だって？　大丈夫なの？」

「倒れたときに頭を打って……今、寝てるわ。意識ははっきりしてたから、たぶん大丈夫だと思うけど、念のために連絡したの」

「……そう」

薬品の匂いが漂う室内を見まわすと、右サイドに簡易ベッドが置かれており、奥のスペースだけ白いカーテンがU字の形に閉められていた。

「あなたも顔色がよくないけど……大丈夫？」

「え、ええ」

昨夜、午前二時近くまで勝治と快楽を貪ってしまった光景が甦《よみがえ》る。

逞しい中年男とのセックスは多大な肉悦を覚え、身体は羽が生えたように軽くなったが、逆に心の中は曇りっぱなしだった。

「村役場のほうは、大丈夫なの？」

「うん、今はそんなにタイトな仕事はないから。課長も、心配だろうからすぐに行ってあげたほうがいいって」

「そう」

同級生の幼馴染みは、上目遣いに含みを持たせた笑みを浮かべる。

「……何よ」

「悪いんだけど、ちょっと留守番しててくれない？」

「……え？」

「夫が、これから出漁なの。今回は年末まで帰ってこないし、見送りしたいのよ。お願い、三十分で戻ってくるから」

絵理の脳天気な性格は昔から少しも変わらず、真面目なのか不真面目なのか、三十年以上つき合っていてもわからない。

「はあっ」

亜矢子は溜め息をついたあと、不承不承頷いた。

「仕方ないわね。あなたには、いろいろと話を聞いてもらったし」

絵理には、拓也のことで相談に乗ってもらっていた。

自分のこととしてではなく、離婚する前、大阪に住んでいたときに知り合ったママ友に置き換え、彼女が知人の息子と関係を結んでしまったという作り話で意見を求めたのだ。

いつもは冗談の多い絵理が、このときばかりは真剣な表情でアドバイスした。

不倫相手の息子を高校生に設定にしたことで、聖職者としての倫理観が働いたのかもしれない。

未成年の学生では、あまりにも大きな影響とリスクがありすぎる。大事になる前に別れるべきではないか。

彼女の意見はもっともで、本当の相手は中学生の甥なのだから、懊悩の日々を過ごすばかりだった。

こんな関係を続けてはいけないと思う一方、火をつけられた女の情欲は鎮《しず》まらず、亜矢子は悩んだ末に勝治の誘いに乗り、拓也との関係を無理やり断ち切ろうとしたのである。だが心の奥底で燻《くすぶ》る、この満たされない気持ちは何なのか。

「何だったら、拓也くん、連れて帰ってもかまわないから」

「……もう」

「じゃ、頼むわね」

絵理はさっそく白衣を脱ぎ、片手をヒラヒラさせて保健室を出ていった。

室内が静寂に包まれ、簡易ベッドが置かれた方向に目を向ける。亜矢子はためらいがちに歩を進めると、カーテン越しに声をかけた。

「拓ちゃん、大丈夫？　頭、打ったって聞いたけど……」

いくら待っても返答はなく、寝ているのかもしれない。

「ちょっと開けるわね」

断ってからカーテンを引けば、ワイシャツ姿の拓也が背を向けた状態で寝ていた。

「拓ちゃん……寝てるの？」

華奢な肩がピクリと震え、薄いブランケットがもぞもぞと動く。どうやら起きているようだが、なぜ返事をしてくれないのか。

考えてみれば、拓也は寝起きから様子がおかしかった。寝坊を理由に朝食を半分以上も残し、終始ムスッとした顔をして口も聞かなかったのだ。もともと朝が弱く、気にもとめていなかったが、何か言いたいことがあるのかもしれない。

「どうしたの？　こっちを向いて」

肩に手を添えて軽く揺すると、拓也は振り向きもせずにぽつりと呟いた。

「叔母さん」

「……ん、何？」

「潤一郎のお父さんのこと……好きなの？」

「……えっ」

顔から血の気が失せ、背筋が凍りつく。なぜ勝治の名が出てくるのか、緊張に頰を引き攣らせた直後、亜矢子は今朝《けさ》方の母の言葉を思いだした。

フラワースタンドの位置がずれ、鉢の置き場所が変わっていたことを。

（ま、まさか……）

拓也が蔵の窓から覗き見をしていたのだとすれば、すべての辻褄《つじつま》が合う。

激しい情交と自らが演じた痴態を思い返し、全身の血が逆流した。あの光景を目にしたら、大きな衝撃を受けるのは当然のことだろう。

いったい、どう答えたらベストなのか。

考えがまとまらず、亜矢子は呆然とした表情で佇むことしかできなかった。

2

叔母のいる位置から甘い芳香が漂ってくるも、この日ばかりはよこしまな気持ちは起きない。わずか数時間前、彼女は間男と激しい交歓をし、射精したあとの汚れた逸物を口で清めたのだ。

ショックと悔しさから朝まで寝つけず、逃げるように家をあとにしたものの、登校すれば、潤一郎の存在が少年の心をさらに傷つけた。

寝不足から休憩時間に貧血を起こし、意識を取り戻したときには保健室に寝かされていたのである。

亜矢子に連絡している絵理の声を、拓也は息を潜めて聞いていた。

会いたくないとは思ったが、彼女の家に居候《いそうろう》している以上、顔を合わせないわけにはいかない。しかも、明日には家族キャンプが控えているのだ。

結局はモヤモヤした気持ちを抑えられず、半人前の少年は自身の思いをストレートにぶつけるしか手立てがなかった。

「み、見たの？」

自慰行為に続いて二度目の覗き見だけに、後ろめたさからはっきり答えられない。

小さな溜め息に続き、そばにある丸椅子を引き寄せる音が聞こえる。しばし間を置いたあと、亜矢子は落ち着いた口調で釈明した。

「あの人、以前からしつこくて……一回だけという約束で会ったのよ」

「好きじゃないの？」

「嫌いではないけど……」

「しつこくて、そんなに好きじゃない人とエッチしちゃうんだ？」

昨夜の光景が頭を掠め、悔し涙が自然と溢れだす。身を震わせたところで、熟女は再び肩に手を添えて答えた。

「叔母さんが……悪かったわ。うまく説明できないけど……あなたとああいうことになって、これじゃいけないと思ったの。私たちは叔母と甥の関係なんだから」

「それで……あの人に、わざと抱かれたの？」

「今は、とても悔やんでるわ。部屋に戻ってから、すごく虚しくなって……。あんなバカなマネは、二度としないって約束するわ」

「すごく気持ちよさそうに見えたけど……」

「もう……責めないで。拓ちゃんのほうが、何倍も好きなんだから」

「……ホントに？」

「ええ、ホントよ」

単純にうれしさが込みあげるも、鵜呑みにするわけにはいかない。目を疑うような巨根に身を貫かれ、高らかな嬌声をあげていたのは紛れもない事実なのだ。

五カ月後に島を離れたあと、二人の関係が復活する可能性は十分考えられる。その不安から素直になれず、拓也は彼女の胸に飛びこんでいけなかった。

「ぼく……」

「……え？」

「まだ子供だし、経験もないし、あの人みたいにあそこも大きくないから」

「……拓ちゃん」

髪の毛を優しく梳《す》かれても、悲しみの嗚咽は止まらない。やがて温かい手がブランケットの隙間から忍びこみ、シャツ越しの胸元を撫でられた。

「ひっ、ひっく」

おさな子のようにしゃくりあげる一方、柔らかい指腹の感触を受け、若茎は自分の意思とは無関係に熱い血潮を満たしていく。ペニスがズボンの下で体積を増していくなか、驚いたことに、亜矢子は手を下腹から股間の中心にすべらせた。

「……むっ」

「あら、拓ちゃん？」

「ん、むむっ」

「どうして、こんなことになってるのかしら？」

「だ、だめだよ」

「どうして？」

「い、今は……そんな気持ちに……なれないから」

拒絶の姿勢を示すも、ほそやかな指は繊細な動きを繰りだし、いちばん敏感な頂点に刺激を与えてくる。

「ねえ、叔母さんのこと信用して」

どうやら熟女は、色仕掛けで懐柔するつもりらしい。耳元に口を寄せ、甘ったるい声で囁かれたとたん、ペニスは問答無用とばかりに完全勃起した。

「すごいわ……コチコチ」

「だ、騙されないからね」

「まあ、いやだわ。私が、何を騙そうって言うの？」

「いやらしいことで、ごまかそうとしてるんでしょ……あっ」

指先が股ぐらに忍びこみ、今度はふたつの睾丸をクリクリと愛撫される。

清廉な容姿や雰囲気も魅力的だったが、エッチな叔母はそれ以上に大好きなのだ。

背筋がゾクッとした直後、耳たぶを甘嚙みされ、少年の性感はあっという間に紅蓮の炎と化した。

3

（ああ、かわいい。かわいいわ）

勝治との逢瀬では決して味わえなかった高揚感に、亜矢子は子宮の奥をキュンと疼かせた。

拗《す》ねた素振りも会話も心地よく、女心をいやが上にもくすぐる。壊れた信号機のようにくるくると変わる反応が楽しく、熟女は積極的に少年の性欲を煽った。

「だめだと言われても、おチ×チン大きくなってるわよ。この状態で、やめちゃってもいいの？」

神聖な校舎で淫らな行為を仕掛けるなど、本来なら絶対に許されない行為である。

それでも自制心は働かず、かまわず股間の膨らみに刺激を与えていく。

まだ納得できないのか、拓也は唇を嚙んで快楽に抗い、亜矢子はクスリと笑いつつ、艶っぽい声で問いかけた。

「拓ちゃんは優しいから、昨日のことは許してくれるわね？」

「……くっ」

「もし許してくれたら、拓ちゃんの言うこと、何でも聞いてあげるから」

ズボンの上から裏茎に沿って人差し指を這わせると、拓也は腰を跳ねあげ、ようやく真正面を向いた。

いつの間にか息が荒くなり、額もしっとり汗ばんでいる。赤く色づいた頰と耳たぶが愛らしく、身体の芯が燃えあがる。

雁首と思われる箇所を指先で押しこむと、少年は大きな息を吐き、捨てられた子犬のような目を向けて言い放った。

「……見せて」

「え？」

「叔母さんのおマ×コ……見せてくれたら許してあげる」

「まあ」

大袈裟に驚き、甘くねめつける。

さすがは好奇心旺盛な年頃で、精力の強さだけなら勝治以上だろう。

あの男も四十半ばとは思えぬ荒々しさを見せつけたが、放出したとたん、ペニスはみるみる萎えてしまった。

二発三発の連射は不可能に違いなく、拓也の足元にも及ばない。

場数を踏めば、ペニスは成長するし、テクニックも身につくはずで、未完成な初々《ういうい》しさが女心を惹きつけるのだ。

「ぼく、本気で怒ってるんだからね。見せてよ」

拓也は唇を尖らせ、命令口調で交換条件を提示する。目尻は吊りあげていたが、迫力はまったくなく、亜矢子は口に手を添えて笑いを押し殺した。

何にしても言質《げんち》を与えてしまった以上、拒否するわけにはいかない。亜矢子はブランケットから手を抜き、椅子からゆっくり立ちあがった。

「わかったわ。私には、拒絶する権利はないものね」

意識的に神妙な面持《おも》ちをし、半開きのカーテンをぴったり閉じる。

あそこを見せるだけで機嫌が直るなら、お安い御用だ。

腕時計を確認すると、絵理が出ていってからまだ十分と経っていなかった。

仮に生徒が保健室を訪れたとしても、カーテンは閉めているので、不埒な行為を目撃される心配はない。

(こういうときに、叔母と甥だと都合がいいわ。二人だけでいても、変に勘ぐられることはないんだから)

ダークグレイのスカートの中に手を入れ、ショーツを引き下ろす。

簡単に見せてやらない。焦らしに焦らして、少年の頭の中を性欲一色に染めてやるのだ。

「はあはあっ」

拓也は現金にも顔を輝かせ、息を荒らげて身体ごとこちらを向く。

亜矢子はベージュピンクのセミビキニを足首から抜き取り、スカートのポケットに入れながら伏し目がちに告げた。

「……脱いだわ」

「み、見せて」

「拓ちゃんが……捲って」

ベッドの端に身を近づけたとたん、彼はブランケットを引っぺがし、左手でスカートをたくしあげる。

「あ、やっ」

剝き身の女芯がさらけだされると、さすがに羞恥心は隠せず、腰をよじって足を閉じれば、膣の奥で愛液がぷちゅんと跳ねた。

(やだ……すごい濡れてる)

尋常とは思えぬ昂奮に駆り立てられ、息が自然と荒くなる。

「足を開いて」

「約束は守ったわ。これで勘弁して」

「ちゃんと見せなきゃ、守ったことにはならないよ」

他の男と肌を合わせたことが、どうしても許せないらしい。拓也がやや怒った表情で答えると、亜矢子は仕方なく足を開いていった。

「……あ」

右手が股ぐらにすべりこみ、肉の突起を撫でつける。すかさず淫蜜が溢れだし、卑猥な擦過音が室内に反響した。

「……濡れてる」

「さ、触っちゃ……だめ」

「いやらしい汁が、どんどん出てくるよ。叔母さんって、すごく淫乱だったんだね」

「ン、ふぅぅっ」

なじられただけで子宮がひりつき、快感の海原に放りだされる。

これまで主導権を握られたことはなかったのに、立場がすっかり逆転し、新鮮な刺激が熟れた肉体を快楽地獄に陥れた。

「もっと、もっと開いて」

「あンっ」

言われたとおりに開脚すれば、拓也は指で陰唇を押し拡げ、内粘膜を剝きだしにさせる。さらには半分顔を出したクリットに狙いを定め、指先でつついてはコリコリとあやした。

「叔母さんのおマ×コ、ぐちょぐちょだよ」

「はあぁあっ、拓ちゃん」

女の情念が燃えさかり、腰をくねらせてはくぐもった吐息を放つ。

心が弾むほどの充足感は、やはり勝治では得られない。亜矢子は湿った吐息をこぼしたあと、豊満なヒップをもどかしげに揺すった。

4

叔母の釈明に納得したわけではなかったが、男の性感帯を掘り起こされ、拓也の関心は瞬時にして色欲へと移った。

熱感が腰を打ち、ペニスがズボンの下で反り返る。

校舎の中で経験豊富な熟女を苛んでいるという状況が昂奮を促し、もはや獰猛な淫情を抑えることはできなかった。

年端もいかない少年が、年上の女性をもてあそんでいるのだ。できることなら、この優越感を周囲の人間に知らしめたかった。

(潤一郎の親父なんかに、叔母さんを渡してたまるもんか!)

ペニスの大きさもテクニックも敵わなかったが、亜矢子を想う気持ちは負けていない。熟女の心を自分だけに向けさせようと、少年は懸命な指技を繰り返した。

「ああ、だめ、拓ちゃん、だめよ」

「どうして？　叔母さんのおマ×コ、愛液が止まらないのに」

「ン、ふぅぅぅっ！」

かわいさ余って憎さ百倍。亜矢子に対する怒りを性のエネルギーに変え、ひたすら指先を乱舞させる。やがて腰の打ち揺すりが顕著になり、唇のあわいから上ずった喘ぎ声が放たれた。

「あ、そこ、そんなに激しくしたら、イッちゃう」

「ここ？　ここが、いちばん感じるんだ」

滅茶苦茶にしてやりたいという気持ちが指の動きを荒々しくさせ、強烈な快美を吹きこんでいるのかもしれない。肥厚したクリットをつまんで引っ張れば、亜矢子は強大な電流を流したかのように腰を引き攣らせた。

「く、ひっ！」

「ぼくの指、いやらしい愛液でどろどろだよ。これなら、おマ×コの穴にも挿れられるかもね」

「……あ」

今度は人差し指と中指を揃え、膣口に容赦なく埋めこんでいく。

「だ、だめっ」

入り口がキュンと狭まったものの、早くもこなれた内粘膜はうねりくねりながら指を手繰《たぐ》り寄せた。

肉洞の中はすでに灼熱と化し、ねとついた媚肉が指をキュンキュン締めつける。

手のひらを上に向けたまま奥へ突き進めると、グチュプッと空気混じりの猥音が洩れ聞こえ、秘裂から花蜜がゆるゆると溢れだした。

「叔母さん、すごいよ。こんなに濡れて」

「はあはあ、拓ちゃんのことが好きだからよ」

「ホントかな？　昨日だって、たくさん濡れてたみたいだけど」

「あぁン、言わないで」

抵抗感はまったくなく、指のすべりがやたらいい。酸味の強い恥臭があたり一面に漂うと、拓也は本能の赴くままスライドを開始した。

「ンっ、ふっ！」

愛液が噴きだし、手のひらから手首にまで滴り落ちる。

（はぁ、す、すげえや）

少年は身を起こし、感嘆の溜め息をこぼしては過激なピストンを繰りだしていった。

「はっ、ふっ、やっ、ああ、いい、いいわぁ」

何気なく曲げた指先がGスポットをこすりあげていたのだが、そんな場所に性感帯があろうとは夢にも思わず、今は秘裂からしぶく大量の淫蜜に目を剝くばかりだ。

亜矢子は目をとろんとさせ、下腹部を小刻みに痙攣させる。艶っぽい表情とみだりがましい仕草に、拓也の性感もトップギアに跳ねあがった。

「あっ、やっ、ンっ、ンはぁぁあぁっ」

「はあはあっ」

二人の吐息が交錯し、ムンムンとした熱気がカーテンで仕切られた狭い空間にこもる。ペニスがギンギンに反り勃ち、下着の中が前触れ液でぬめり返る。

抽送のピッチを上げれば、熟女は口を手で塞ぎ、上体をゆらゆらと前後に傾げた。

「あ……イクっ……イクっ」

鋭敏な聴覚は絶頂を訴える声をとらえ、さらなるピストンで膣肉をほじくり返す。

「ンっ、はあぁぁっ！」

やがて熟女は前のめりになり、そのままベッドに倒れこんだ。故意なのか偶然なのか、彼女の右手は股間の膨らみに押し当てられ、ペニスの芯がズキンと疼く。

「く、くうっ。お、叔母さん……あっ」

亜矢子は快楽の余韻に浸っているかに見えたが、怒張を力強く握りこんだあと、身を起こしざまブランケットをはねのけた。

「ちょっ……」

こちらの言葉を無視し、ズボンのベルトが緩められ、チャックが引き下ろされる。右手がボクサーブリーフの上縁から潜りこみ、裏茎を手のひらで撫でられる。うっとりしていた熟女の顔は、いつの間にか険しい表情に変わっていた。

「お尻を上げて」

「……え？」

「早くっ！」

言われるがまま腰を浮かせば、学生ズボンと下着が下ろされ、いきり勃つ怒張がビンと弾けでる。亜矢子はすかさずベッドに這いのぼり、逆向きの体勢から顔を大きく跨いだ。

(おわっ!?)

こんもりした恥丘が眼前に晒され、甘酸っぱい牝臭が鼻腔を燻《いぶ》す。主導権を握ったのも束の間、あっという間に取り返され、拓也はただ唖然呆然とするばかりだった。

ぱっくり割れた女芯の迫力に圧倒されるなか、ペニスに甘美な電流が走る。

「くおっ」

肉幹をしごかれ、亀頭冠をベロベロと舐められ、意識せずとも背筋が反り返った。

「ンっ、はっ、ンっ、ンふぅっ」

熟女は甘ったるい吐息を放ち、ふっくらした唇を肉胴に何度も往復させる。そして真上からがっぽり咥えこみ、しょっぱなからのフルスロットルで顔を打ち振った。

「ぬ、おおおっ」

生温かい口腔粘膜に包まれ、腰部の奥がひりつきだす。凄まじい吸引力でジュッパジュッパと吸われ、白濁の弾丸がカートリッジに装填される。

まさか、こんな展開になろうとは考えてもいなかった。

悶々とした気持ちを少しでも解消したかったのだが、手淫だけならまだしも、シックスナインの体勢から互いの性器を見せつけることになろうとは……。

拙《つたな》い指の刺激は、亜矢子に予想を上まわる快楽を与えたらしい。

勝治とは一夜だけの関係という言葉を、本当に信用していいのだろうか。

今は考えがまとまらず、無理やり獣欲モードに導かれた少年は負けじとばかりに女肉の狭間に吸いついた。

「く、ひっ」

奇妙な呻き声が聞こえたものの、かまわず愛液まみれの淫裂に唇をすべらせる。

頂点の肉芽を舌でコリコリと転がせば、豊臀がわななき、熟女は肉悦から逃れるようにペニスをこれでもかと舐めしゃぶった。

割れ目からは淫蜜が絶え間なく滴り、口の周りは早くもベタベタの状態だったが、拓也は怯むことなく舌先をハチドリの羽根のごとく跳ね躍らせた。

「ンっ！　ンっ！　ンっ！　ふっ！」

「あ、あぁ……お、叔母さぁん」

激しい口戯に牡の証がうねりだし、瞬時にして臨界点を飛び越える。女陰から口を離して咆哮《ほうこう》すると、亜矢子はここぞとばかりに首を螺旋状に振りまわした。

「ぐ、おおっ」

スクリュー状の刺激が肉筒に吹きこまれ、えも言われぬ悦楽が吹きすさぶ。

じゅぷっ、じゅぷっ、ぷぷぷぷっ、じゅぷぷぷぷっ！

卑猥な吸茎音とともにとろとろの口腔粘膜が怒張を何度も引き転がし、一条の光が脳天を貫いた。

彼女との性的な交渉は、今回を含めてわずか三回しかない。経験不足はいかんともしがたく、指で女陰を刺激している最中に限界まで達していたのだ。

「あ、ああ、イクっ、イッちゃう」

尻肉を鷲摑んで力んだ瞬間、柔らかい唇が雁首を強烈にこすりあげ、陶酔のうねりが一気に押し寄せた。

「あっ！　ぐっ、ぐうぅぅぅっ!!」

「ン、ふっ！」

ペニスが脈動を開始すると同時に、亜矢子の顔の動きがピタリと止まる。

拓也は天井をぼんやり見つめながら、荒れ狂う白濁の溶岩流を彼女の口の中に迸らせた。

第六章　キャンプ場の青姦体験

1

翌日の午後、山の中腹で自然体験キャンプが催され、樹本家からは拓也の他に亜矢子と真美が参加した。

キャンプ場は子供連れの家族らで大いに賑わい、父親はテントを張り、母親らが炊事場で食事の支度に取りかかる。

（おかしいな……参加するって言ってたのに）

潤一郎の姿がないことに気づいた拓也は、あたりを見まわして訝《いぶか》しんだ。

今回のイベントは楽しみ半分、不安半分といったところだろうか。

彼の父親、勝治も参加する予定と聞いていたからだ。

同じキャンプ場で寝泊まりする以上、顔を合わせないというわけにはいかない。もしかすると、亜矢子と密会の約束を交わしているのではないか。子供らが寝静まったあと、テントを抜けだして淫らな行為に耽るつもりなのではないか。

根拠のない妄想が頭に浮かぶたびに、拓也はかぶりを振って否定した。

それでも不安は消え失せず、亜矢子の様子を目で追うなか、勝治はもちろん、潤一郎の不在に気づいたのである。

「あ、すみません。ちょっと……」

そばを通りかかったイベントの主催者を呼びとめ、ためらいがちに問いかける。

「潤一郎くんが参加してないんですけど、何かあったんですか？」

「ああ……」

初老の男性は顔を曇らせたあと、いかにも残念そうに答えた。

「お父さんがね、事故に遭《あ》ったらしいんだ」

「……え？」

「勝治さん、林業の仕事してるだろ？」

「は、はい」

「昨日の夕方、仕事中に足をすべらせて崖下に転落したらしくてね。大きな岩に腰をしこたま打ったみたいで、緊急入院したんだと」

「ど、どんな具合なんですか？」

「いや、詳しいことは聞いてないけど、かなり重症みたいだな。そういうわけで今朝方、不参加の連絡をもらったというわけだ。残念だけど、まあ、しょうがないな」

「そうですか……ありがとうございます」

びっくりした顔を見せる反面、どす黒い感情は霧が晴れたように失せていった。

長期入院ともなれば、亜矢子との接点はいやでも切れる。

潤一郎の気持ちを考えれば、手放しで喜ぶわけにはいかなかったが、とりあえずホッとしたというのが素直な心境だった。

「お兄ちゃん！」

炊事場のほうから、真美が手を振りながら走り寄る。

「テント、張り終わったの？」

「あ、うん。大人の人に手伝ってもらって、何とかやったよ」

「今日の夕食、カレーだって。ママが、手が空いたら、野菜切るの手伝ってって」

「わかった」

懸念材料がなくなり、心がウキウキと弾みだす。これから、どんな展開が待ち受けているのか。

拓也は満面の笑みを返すや、真美の手を取り、駆け足で炊事場に向かった。

2

(まさか……入院するなんて)

その日の夜、勝治の身に起こった事態に少なからずショックを受けた亜矢子は、なかなか寝つけずにいた。

彼の家のとなりに住む香那から詳しい話を聞いたところ、かなりの重症で、集中治療室に入っているとのことだった。

幸いにも命に別状はないようだが、脊髄を痛め、最悪の場合は歩けなくなる可能性もあるらしい。彼と肌を合わせたのが前の日の深夜なのだから、後味が悪いのは当然のことだった。

四十半ばという年齢を考えたら、無理をしていたのかもしれない。注意力の散漫から怪我をしたのだとしたら、自分にも責任がないとはいえないのだ。

「はぁっ」

小さな溜め息をついた瞬間、背中越しに人の動く気配が伝わる。となりで眠る真美は軽い寝息を立てており、拓也であろうことは明白だった。

彼もまた、勝治の入院を聞いて寝られないのだろうか。

（ううん、違う……きっと悶々としてるんだわ）

昨日、保健室で精をたっぷり放ったはずなのだが、少年の飽くことなき欲望には驚くばかりだ。

彼の気持ちはわからないでもないが、今はその気になれない。狸寝入りをすると、やがて低い声が耳に届いた。

「……叔母さん」

目を閉じ、聞こえないフリをしても、拓也は呼びかけをやめず、亜矢子は仕方なく身体を反転させた。

「どうしたの？」

「寝られないんだ」

ビニール製の天窓から射しこむ月明かりが、少年の顔を照らしだす。漆黒の瞳はすでにうるうるし、頬も上気しているかのように見えた。

「そっちに行ってもいい？」

「……え？」

「となりで寝たいんだけど」

二人だけならまだしも、真美がとなりで寝ているのである。

添い寝だけで終わるとはとうてい思えず、娘に気づかれたら大きなトラウマを与えることになるだけに、いかがわしい行為は絶対に避けなければならない。

「だめよ」

小声で拒絶するも、拓也はかまわず身を起こし、ブランケットを手に真美の身体を跨いだ。

「ちょっ……」

「へへっ、向き合って寝ようよ」

「困るわ。真美が起きたら、どうするの？」

娘に背中を向け、悟られぬように囁き声で問いかける。

「ただ、隣り合わせで寝るだけだよ」

「朝、起きたときに、寝ていた場所が変わっていたら、不審に思うでしょ」

「こっち側がテントの入り口だし、夜中にトイレに行って、そのまま叔母さんのとなりで寝てしまったことにすれば問題ないよ」

確かに八歳の女の子なら納得するかもしれないが、やはり一抹の不安が残る。

「やっぱり、だめよ」

「あまり声を立てると、真美ちゃんが起きちゃうよ」

拓也はこちらの言葉を無視し、身体を横たえる。そしてぴったり寄り添い、当然とばかりに股間を押しつけてきた。

(やだ……もう勃ってるわ)

調子に乗った少年は腰を突きだし、コチコチの強ばりを下腹部にこすりつける。

「叔母さん、すごくいい匂いがする」

「……もう」

困惑の顔を見せながらも、憎めないキャラクターに苦笑を洩らしてしまう。一方、拓也は早くも鼻息を荒らげていた。

性欲のスイッチが入ったのか、口を閉ざした直後から腰がくねりはじめる。さらには手を伸ばし、胸の膨らみを弄った。

キャンプ地ということで、今日はパジャマではなく、Tシャツとハーフパンツを寝間着にしている。息苦しいのでブラジャーは外しており、手のひらの感触が直接乳丘に伝わった。

（あぁ、やっ）

指はすぐさまバストの突端をとらえ、カリカリと引っ掻かれる。乳首は瞬く間に肥厚し、性電流がピリリと断続的に身を貫いた。

反射的に足は閉じたものの、拓也は強引に膝を割り入れ、太腿の表面を股ぐらにあてがう。ぬっくりした体温と小刻みな振動が女の園を直撃し、思わず甘い吐息がこぼれた。

「ンっ、ふっ」

慌てて声を押し殺すも、艶声が耳に届いたのか、彼の手と足の動きはより活発になり、的確に性感ポイントへ快感を与えてくる。

（あっ、くっ、やっ）

身体の芯に火がつき、体温がみるみる上昇した。いやが上にも情欲に駆り立てられたが、娘がそばにいる状況で男女の関係を結ぶわけにはいかない。

口と手で、放出させようか。

頭の隅で思った直後、拓也の右手がハーフパンツの上縁から潜りこみ、あっと思ったときには指先がショーツの下をかいくぐった。

「だ、だめよ」

蚊が鳴くような声で拒絶するも、少年の欲望は鎮火するはずもなく、指はすぐさま凝脂の谷間にはまりこんだ。

「……ンっ」

指が上下するたびにクリットを押しひしゃげ、女肉の狭間から愛蜜が溢れだす。くちゅくちゅと卑猥な音が聞こえると同時に、亜矢子の性感も高みに向かって押しあげられていった。

「た、拓ちゃん。ほ、本当に……やめて」

「やめちゃってもいいの？　叔母さんのここ、大変なことになってるけど」

「ンっ、ふうぅっ！」

拓也との背徳的な行為は、童貞を奪った日を含めて、わずか三回のはずだ。にもかかわらず、これほど積極的な行為に打って出るとは、やはり勝治との営みが多大な影響を与えているとしか思えない。

（こうなったら、もう出させるしかないわ）

意を決した亜矢子は反撃開始とばかりに、股間の膨らみを鷲摑んだ。

「……あ」

少年は顔をくしゃりと歪め、女芯を撫でつける指の動きをピタリと止める。

経験値は、自分のほうが圧倒的に上なのである。

(悪い子。こうなったら、パンツの中に出させちゃうから)

拓也は素直で控えめなキャラクターのほうが愛らしく、勝治のような無骨な男にはなってほしくない。

亜矢子は意識的にねめつけるや、隆起した逸物に手のひらを往復させていった。

「あ、あ……お、叔母さん」

「パンツの中、たっぷり汚させてあげる。叔母さんを怒らせた拓ちゃんが、悪いんだからね」

「く、ふぅっ」

背筋がピンと張りつめ、唇を尖らせる表情が小動物を連想させる。キスしたい心境を押しとどめ、亜矢子は無我夢中で手をスライドさせた。

「お、叔母さん……そ、そんなに激しくしたら……出ちゃうよ」

「いいわよ。遠慮せずに、イッちゃいなさい」

「く、くうっ!」

拓也は顔を真っ赤にして、射精を懸命に堪える。いつしか喘ぎ声が大きくなり、真美が目を覚ますのではないかとハラハラのしどうしだ。

つい手の動きを緩めた瞬間、少年は腕をがっちり握りこみ、請うような視線を投げかけた。

「し、したいよ」

「だめよ、こんなところで。誰かに気づかれたら、どうするの？」

「見つけたんだ。誰にもバレない場所を」

「……え」

「夕食を済ませたあと、探しまわって。あそこなら、見つかる心配ないと思う」

「まあ、姿を見かけないと思ったら、そんなことしてたのね」

「今から、行こうよ」

「虫が出るし、いやだわ」

「虫除けスプレー、持ってきてるじゃない。ランプ型の電灯もあるし……ね？」

こちらの返答を待たず、拓也は身を起こして天窓に吊っていた電灯を手に取った。

屋外での情交は一度も経験がなかったが、内から込みあげる淫情は抑えられずに食指が動きだす。

喉をコクンと鳴らした熟女は気がつくと、目をきらめかせながら頷いていた。

3

「ねえ、どこまで行くの？」

「もうちょっとだよ」

拓也は手を引っ張り、森の中に分け入っていく。男子中学生ならどうってことないのだろうが、獣道《けものみち》のような順路は女にはつらく、亜矢子は了承したことを早くも後悔していた。

「あ、ちょっと待って」

「どうしたの？」

「……しっ！」

少年は足を止め、電灯の明かりを消して息を潜める。

猪や狸でも、出たのだろうか。緊張に身構えた直後、どこからか女の啜り泣きが聞こえてきた。

（な、何？　ま、まさか……）

目を凝らして葉陰から覗きこむと、大木の幹に背もたれた女性がパンツを足首まで下ろし、腰を落とした三十代後半と思われる男が股の付け根に顔を埋めていた。

「あ、ンっ、やっ、くふぅ」

彼らの顔を目にしたとたん、あまりの驚愕に悲鳴をあげそうになる。

女性は先ほど勝治の状況を教えてくれた香那で、男性は亜矢子の直属の上司である課長だったのである。

二人は夫婦ではなく、それぞれに配偶者がおり、不貞以外の何ものでもない。

(あの二人が不倫してるなんて……)

片や委員長まで務めた学校一の秀才、片や真面目で誠実、マイホームパパの印象を周囲に与えていた人物だけに、亜矢子は目を丸くするばかりだった。

「あぁ、いやぁ」

月明かりに照らされた香那の顔は恍惚に満ち、肉厚の腰をもどかしげにくねらせる。

課長は愛液にまみれた顔を上げ、ざらついた声で呻いた。

「あぁ、もう我慢できん……尻をこっちに向けて」

「あンっ」

男は立ちあがりざま、女の身体を強引に後ろ向きにさせる。そしてハーフパンツとトランクスを下ろし、鉄の棒と化したペニスを剝きだしにさせた。

ふだんの爽やかなイメージは微塵もなく、色めき立った顔は醜悪にさえ見える。

「もっと尻を突きだすんだ」

香那は木の幹に手を添え、やや弛みのあるヒップを後方に迫《せ》りだした。

「そう、そうだ。挿れるぞ」

「ひ、ぐっ！」

課長が茜色の亀頭冠を臀裂の真下に差し入れると、彼女は顔を歪めると同時に裏返った声をあげた。

「い、ひぃぃっ」

「おおっ！　おマ×コが、チ×ポをキュンキュン締めつけやがる」

外見と雰囲気は正反対なのに、品のなさという点では勝治に勝るとも劣らない。

この歳になってから垣間《かいま》見た男の裏の顔にゾクリとする一方、課長の腰の動きが活発になると、他人の営みを初めて覗き見した亜矢子は胸のドキドキを抑えられなかった。

(あぁ、すごい)

恥骨がヒップを叩く音が夜のしじまを切り裂き、香那の身体が前後に激しくぶれる。

「あ、はぁあっ。いい、いいいっ！」

ダブル不倫という禁断の情交が二人にとてつもない昂奮を与えているのか、固唾《かたず》を飲んで見守るなか、傍らから感嘆の溜め息が洩れ聞こえた。

「あぁ、入ってるとこが丸見えだ」

拓也はそう言いながら身を乗りだし、喉をゴクンと鳴らす。

この年頃の少年の頭の中は、セックスのことしか詰まっていないのか。

彼の関心はいつしか眼前の光景に移り、気分を悪くした亜矢子は背後から手を回して目隠しした。

「見ちゃ、だめよ。行きましょう」

手を引っ張り、音を立てないようにその場を離れる。

こうなれば、テントに戻るしかなさそうだ。

「あぁ、びっくりした。まさか、あのおばさんが……」

「いい？　誰にも言っちゃだめよ」

「うん、わかってる。でも……あの男の人、誰だろ？　どっかで見たような気がするんだけど」

「……知らないわ。さあ、帰りましょう」

「え、どうして？」

「だって、彼らがいたんじゃ、穴場とやらには行けないでしょ」

「大丈夫。ちょっと回り道すればいいんだから」

「まだ行くつもりなの？」

「だって、このままじゃ収まらないもん」

少年はやけに張りきり、別ルートから目的地に向かって歩きだす。

（真美、大丈夫かしら）

一度寝つけば、朝まで起きない子供だったが、長時間一人で残しておくのは心配だ。それでも女芯の火照りは冷めることなく、亜矢子は足早に拓也のあとを追うしかなかった。

4

（あぁ、びっくりした。まさか、ぼくらと同じように密会する人がいるとは思わなかったよ）

つい最近まで気づかなかったが、Ｋ島は性に対して開放的な考え方の村民が多いのかもしれない。

思わぬ事態に驚嘆したものの、性欲は怯むどころか、ますます高まるばかりだ。

密会現場を迂回したところ、三分もかからずに森が円形に開けた場所に突き当たった。そこは十畳ほどの広さがあり、月光が中央に鎮座した大きな薄い岩を照らしている。

近くに川があるのか、せせらぎとイオンをたっぷり含んだ新鮮な夜気が身を包み、幻想的な雰囲気を醸しだしていた。

デイパックを肩から下ろし、中から取りだしたブランケットを岩の上に広げる。亜矢子は手にしていたポシェットを岩場の端に置き、あたりをキョロキョロ見まわした。

「けっこう、いい場所でしょ？」

「え、ええ」

「……叔母さん」

ふくよかな身体に抱きつきざま、いきり勃った股間の膨らみを下腹に押しつける。

ロマンチックなムードに心の琴線を爪弾かれたのか、熟女はうっとりした表情で甘い声音を放った。

「あぁ、拓ちゃん」

「ずっと我慢してたんだからね」

「昨日、保健室で出したばかりでしょ？」

「エッチはできなかったじゃない」

背中から腰を撫でまわし、ヒップをやわやわ揉みしだく。熱く疼くペニスは、爛熟の美女との一刻も早い結合を待ち望んだ。

先ほど目の当たりにした男女の生々しい営みが、牡の淫情にさらなる火をつけたらしい。どちらかともなく唇を重ね、互いの唾液を交換し、舌を絡ませる。

ほっそりした指が股間を這っただけで、ふたつの肉玉が吊りあがった。

岩場に押し倒し、Tシャツを捲りあげ、まろびでた乳房を手のひらでゆったりこねる。

球体の麓から捧げ持ち、微振動を与えれば、丸々と張りつめた乳房がプディングのごとく震えた。

「お、叔母さぁん」

鼻にかかった声を出し、豊乳に顔を埋めては貪り味わう。汗の香りと体臭をクンクン嗅ぎつつ、なめらかな肌に舌を這わせていく。

「あ、ンっ」

突端のサクランボを甘嚙みすれば、亜矢子は甘ったるい声をこぼし、身を狂おしげにくねらせた。

（そうだ。さっきの男の人みたいに、あそこを口でペロペロしてやろう）

勝治との逢瀬を覗き見したその日から獰猛《どうもう》な血は鎮まらず、性への好奇心と積極性が内から溢れでている。本能の命ずるまま、拓也は亜矢子のハーフパンツとショーツを引き下ろしていった。

「あ、だめっ」

熟女はか細い声を放ったものの、さほどの抵抗は示さない。下腹部を覆っていた布地をあっさり足首から抜き取り、地面に放り投げれば、美しいS字を描いた女体の稜線と薄い翳りを見せる恥丘の膨らみがさらけ出された。

「叔母さん、すごくきれい」

「そんな……」

頬を赤らめる容貌が気分を高揚させ、ペニスがパンツを破りそうなほど突っ張る。

豊穣な柔肉をまとった太腿をそっと割り開くと、肉の綴じ目から滲みでた恥液が月明かりを反射してキラキラときらめいた。

（あ……いい匂い）

香水でもつけているのか、甘い香りが鼻腔を掠め、すかさず身を屈めて神秘の泉に口を寄せていく。

「あぁ、だめぇ」

亜矢子は細い声で拒絶したが、可憐な花びらに唇を押しつけると、高圧電流を流したかのように身を仰け反らせた。

「ンっ、ふっ」

甘酸っぱいラブジュースを舌で掬い、はたまた啜りあげる。陰核を執拗にくじりまわし、頬を窄めて吸いたてる。

粘り気の強い淫液が糸を引くも、かまわず肉芽に刺激を与えつつ、拓也は自身のハーフパンツとブリーフを脱ぎ下ろしていった。

できればペニスを舐めまわしてほしかったのだが、どうやらそこまでの余裕はなさそうだ。今の昂奮状態でバキュームフェラを繰りだされたら、あっという間に放出してしまうに違いない。

イニシアチブをとった状態から、一気に男女の関係を結びたい。勝治の手順を踏襲し、荒々しさという点で大人の男に一歩でも近づきたかった。

愛液まみれの肉びらはすでに花開き、ゼリー状の媚粘膜を露にさせている。膣奥に息づくピンク色の肉塊が蠢くたびに、怒張が青龍刀のごとくしなった。

（今度こそ、セックスで叔母さんをイカせるんだ！）

固い決意を秘めたとたん、身を起こした亜矢子に手首を摑まれ、女性とは思えぬ力で引っ張られる。

「……あっ⁉」

熟女は体位を入れ替えつつ地面に下り立ち、拓也は平たい岩の上に仰向けに倒れこんだ。

すかさず足首に絡みついていたパンツと下着を抜き取られ、硬直の逸物がバネ仕掛けのおもちゃさながら弾けでる。亜矢子は疾風のように股間に貪りつき、熱化した肉棒をがっぽがっぽと咥えこんだ。

髪を振り乱し、肉厚の唇で胴体をしごきまくる凄まじいまでのフェラチオだ。

「ふンっ、ふンっ、ンふぅぅっ！」

「ぐっ、む、おぉっ」

昨日と同じく主導権を取られ、理性が吹き飛ぶほどの快感に歯を剝きだす。反撃する余裕もなく、拓也は全身に力を込めて射精を堪えるしかなかった。

ブピッ、ヴパッ、じゅっぷっじゅっぷっ、じゅぷぷぷぅっ！

（あぁ、な、なんてフェラを……す、すごすぎるよぉ）

ペニスは早くもとろとろの唾液にまみれ、ザーメンが濁流と化して出口に向かう。

「く、ふぅっ」

大の字の格好から身をよじった瞬間、亜矢子はペニスを口からちゅぽんと抜き取り、岩場を女豹のように這いのぼった。

「……あ」

「もう挿れちゃうから」

熟女はしなを作り、コチコチの肉棒を垂直に起こす。そして秘裂にあてがい、巨尻をためらうことなく沈めていった。

「む、むふぅ」

やんわりした肉の嵩張りが宝冠部を咥えこみ、何の抵抗もなく呑みこんでいく。

よほど昂っているのか、すでにこなれた媚肉は胴体を揉みこみながら奥へ奥へと招き入れていった。

ペニスが根元まで埋め込まれると同時に、亜矢子はトップスピードの腰振りでヒップを打ち下ろす。

「あぁ、いい、気持ちいいわぁ」

「ぐっ、ぐっ、ぐっ」

息もつかせぬ律動、腰骨が折れそうな迫力に射精欲求が頂点に達し、拓也は泣き顔から口をかぱっと開けた。

岩はベッドと違って弾力がないため、ヒップの重みと律動の圧迫感は下腹部に直接受ける。

「あぁ、叔母さん。ぼく、もう……」

「だめ、まだだめよ！」

「そ、そんなこと言ったって……」

「勝手にイッたら、お仕置きするから！」

「く、ふぅぅっ」

亜矢子は膝を立て、M字開脚の体勢からグラマラスな肉体を弾ませる。結合部が剝きだしになり、鶏冠のごとく突きでた二枚の肉びらがビンビンの肉筒を苛烈にしごきたてた。

熟脂肪のたっぷり詰まった尻肉が、太腿を高らかに打ち鳴らす。ぶちゅくちゅと卑猥な破裂音が洩れ聞こえ、剛直がとろみの強い淫液でぬめり返る。

「あ、あ、いいっ、いいっ！」

「ひっ、ひっ、くふぅ」

熟女はさらにヒップをグルングルンと回転させ、熱い媚肉が怒張をこれでもかと引き転がした。

性交渉二度目の少年が耐えられる性技ではなく、身を仰け反らせて咆哮する。

「叔母さぁん、だめっ、もうだめぇっ！」

「いいわ、出してっ！　中に出してぇ！」

亜矢子が豊臀を猛烈な勢いで打ち下ろし、射精へのカウントダウンが始まった。

もっちりした膣襞が上下左右から肉棒を揉みほぐし、脳裏がピンク色の靄《もや》に覆い尽くされた。

熟女をリードしようなどと、子供の自分には早すぎたのだ。

腰椎が痺れ、歯の根が合わなくなる。

ただれた愛欲に溺れ、灼熱が腹の奥で爆《は》ぜる。

「イクっ、イクっ、イックぅっ！」

拓也は口をへの字に曲げ、熱い肉洞の中にこってりした一番搾りをしぶかせた。

第七章　露天風呂の濃厚アクメ

1

師走《しわす》に入り、拓也の山村留学もあと三カ月を切った。

初冬を迎えても肌は浅黒いまま、この八カ月余りで身長は十センチ伸び、肩幅も広くなった。

亜矢子とは週一のスパンで肌を合わせ、今では射精をコントロールできるまでになっている。情交を結ぶ場所は裏山にある露天風呂で、祖母や真美が寝静まったあとに落ち合うのだ。

山は樹本家の所有で、露天風呂への入り口は自宅の敷地内にあるため、村人が入浴してくる心配はない。深夜ということもあり、のんびり交歓している余裕こそなかったが、それでも拓也は大満足だった。

(でも、まだエッチでイカせたことはないんだよな。結局、いつも最後は叔母さんのリードでイカされちゃうし)

果たして、K島を離れるまでに彼女を絶頂に導けるのだろうか。

(チ×コも、ずいぶん大きくなった気がする。ようし、次の機会には必ずイカせてやるぞっ)

昼の休憩時間、固い決意を秘めてトイレから出た直後、潤一郎が息せき切って走り寄った。

「た、拓也」

「どうしたの、そんなに慌てて」

「いいから、来いよ!」

悪友は理由も言わず、手を引っ張って踵を返す。

勝治はいまだに入院しており、脊髄損傷で車椅子生活を余儀なくされるらしい。

潤一郎の話だと、男としての機能は失《う》せたも同然らしく、返す言葉もなく呆然としたものだ。自分と亜矢子のあいだに割って入ってきた憎い男ではあったが、今となっては同情せざるをえなかった。

「おい、どこに連れてくんだよ」

「いいから早く！　絵理先生が、生着替えしてんだよ」

「はあ？」

「さっきまで、土砂降りの雨が降ってただろ？　どうやら、転んで服を汚しちゃったみたいなんだ」

想定外の言葉に、拓也は口をあんぐり開けた。

父親の突然の入院に塞ぎこんでいたのは三日ほどで、脳天気な性格は少しも変わることはなかった。

いたずら好きの少年は校舎の通用口から外に飛びだし、保健室へと突っ走る。

「物音を立てるなよ」

「まさか、覗くつもりじゃないだろうな」

「いいから、早く」

手首をがっちり握られているので、逃げたくても逃げられない。彼は忍び足で窓際に近づくや、にんまりしながら指差した。

窓は半分開けられており、風になびくクリーム色の二枚のカーテンのあいだに三センチほどの隙間がある。

肩を押され、仕方なく覗きこむと、確かに絵理が着替えをしている最中だった。白衣と泥だらけのブラウスが椅子の座面に置かれ、総レース仕様のブラジャーと胸の谷間が目を射抜く。

（あ、あ……）

ほっそりした体型にもかかわらず、中央に寄せられた乳房の量感に顔と股間が熱くなった。

（すごい、叔母さんに負けないくらい大きなおっぱい！）

ライトブルーのランジェリーはもちろん、細い首筋とうっすら浮きでた鎖骨の稜線も色っぽく、さすがは経験豊富な人妻だ。

絵理は泥にまみれたスカートのホックを外し、前屈みの体勢からサイドにスリットの入った布地を引き下ろしていった。

「ん、むふっ！」

潤一郎が首を伸ばし、頭上から鼻息が洩れ聞こえる。彼の場合、絵理は憧れの人なので、なおさら昂奮するのかもしれない。

洒落たメガネ、アップにした髪、凜《りん》とした顔立ち。容貌だけ見れば、知的な印象しか受けないのだが、彼女から放たれる官能的なオーラに拓也も目を血走らせた。

（あ、あ……色っぽい下着）

ブラと同色のショーツは布地面積が少なく、鼠蹊部にぴっちり食いこんでいる。太腿の肉づきのよさも男心を惹き、意識せずとも股間の逸物が重みを増した。

絵理が身体を反転させ、椅子の背もたれに掛けていた新品のスカートを手に取る。

大人の女性はもしものときに備え、着替えを用意していたのだろう。

（あぁ……Tバックだぁ！）

まろやかな双臀がふるんと弾み、白陶磁器を思わせる肌質に胸が騒いだ。

サイズは亜矢子よりひと回り小さかったが、全体がツンと上を向いており、美しい丸みを帯びたラインに目を奪われてしまう。絵理がスカートを穿こうと身を屈めると、後方に突きだされたヒップが圧倒的な迫力で目を射抜いた。

生唾を飲みこんだ直後、潤一郎が身を乗りだし、肩に添えられていた手に全体重がかかる。

「ふんが、ふんがっ」

「お、おいっ」

昂奮が頂点に達したのか、こちらの言葉が耳に届かないらしい。地面に片膝をついたところで、いたずら少年は窓ガラスに額をしこたま打ちつけ、ガツンと鈍い音が響き渡った。

「誰っ!?」

「やべっ！」

「……あ」

薄情にも潤一郎は拓也を押し倒し、脱兎《だっと》のごとく逃げだしていく。

慌てて身を起こそうとしたものの、時すでに遅し。窓から顔を出した絵理に見つかり、背筋が凍りついた。

「……拓也くん」

「あの、違うんです」

熟女は潤一郎が逃げた方向に目を向け、憮然とした表情を見せる。

「あの後ろ姿、潤一郎くんね。まったく……まあ、ちょうどいいわ。中に入って」

「……へ」

「そっちの入り口から入ってちょうだい」

事務机の真横にあるガラスの引き戸は、人の出入りができる仕様になっている。

顔をしっかり見られた以上、もはや逃げても意味がない。観念した拓也はゆっくり立ちあがり、俯き加減で出入り口から保健室に足を踏み入れた。

「そこの椅子に座って」

絵理はすでにスカートを穿き終え、ブラウスのボタンをかけている最中だった。

丸椅子を勧められ、神妙な面持ちで腰かける。

今回で、いったい何回目の覗きになるのか。亜矢子の耳に入ったら、とてつもない変態少年と思われるかもしれない。

「参ったわ。泥に足を取られて転んじゃって……」

「ご、ごめんなさい」

絵理の言葉を遮《さえぎ》り、拓也は頭を深々と下げて弁明した。

「決して、覗き見なんかするつもりはなかったんです」

潤一郎に誘われたと言いたかったが、告げ口するのも気が引ける。俯いたまま無言を貫くと、やがて忍び笑いが耳に届いた。

顔を上げると、目を細めた熟女が口に手を当てている。

「わかってるわ。あなたが、そんなことするわけないもの。あのいたずら小僧にそそのかされたんでしょ？」

「そ、それは……」

彼女の対応を目にした限り、それほど怒っていないらしい。大らかな性格はやはり大人の女性であり、同年代の女子なら間違いなく袋だたきにされるところだ。

「でも、覗いちゃったのは事実だし、本当にごめんなさい」

ホッとしたところで再び謝罪すれば、絵理は笑みを絶やさぬまま肘掛け椅子を引き寄せた。

「そんなことより、山村留学の終了まで、あと三カ月ほどね。どうだった？　この島の生活は？」

「は、はあ」

熟女は問いかけながら腰を下ろし、さも当然とばかりに足を組む。スカートのスリットから覗く太腿にドキンとしたものの、拓也はよこしまな思いを自制した。

「島の人たちはみんな親切だし、楽しいことばかりでした。できれば、この島でずっと暮らしたいぐらいです」

「そう、それはよかったわ。最初の頃と比べると、見違えるほど逞しくなったもの。もう、どんな困難にも立ち向かっていけそうじゃない？」

いじめと不登校の話は、亜矢子から聞かされていたのだろう。保健教諭は心のケアばかりでなく、帰京したあとの生活も心配してくれているようだ。

メガネの奥の大きな瞳が温かみを宿し、愛しい叔母とはひと味違った安堵感を与えた。

なるほど、潤一郎が思いを寄せるだけのことはある。魅力的な女性だと改めて認識した瞬間、牡の本能がざわつき、ペニスの芯がピリリとひりついた。

あそこは、どうなっているのか。旦那さんの前で、どんな痴態を見せるのか。

卑猥な妄想が頭を掠めだし、下腹部がモヤモヤしだす。

股間をさりげなく手で隠すと、絵理は一転して真面目な顔で問いかけた。

「何か……困ってることない？」

「……は？」

「悩んでいることとか。何でも言いのよ」

「はあ」

首を傾《かし》げつつ思案するも、取り立てて相談するほどの悩みはない。

しいてあげれば、亜矢子をエクスタシーに導く方法を知りたかったが、もちろん破廉恥な質問などできるはずもなかった。

（なんか……今日の絵理先生、妙だな）

心を見透かすような視線に耐えられず、ふと目を逸らして答える。

「あ、だ、大丈夫です。今のところは、何もありません」

「そう、わかったわ……あら、もう午後の授業が始まる時間」

予鈴のチャイムが鳴り、絵理が椅子から立ちあがりざま白衣を羽織る。そして、微笑を浮かべたまま言葉を続けた。

「潤一郎くんに、あとで保健室に来るように伝えてね」

「あ、は、はいっ」

叱責するつもりなのだろうが、彼からしてみれば、反省するどころか享楽《きょうらく》の時間にしかならないはずだ。

「それじゃ、失礼します」

「頼んだわね」

拓也は苦笑を洩らしつつ席を立ち、絵理に挨拶してから保健室をあとにした。

2

今年最後の夜、拓也はこれまでとは違う新しい年を迎えようとしていた。

部屋に閉じこもり、鬱屈《うつくつ》した日々を過ごしていた去年の今頃とは大違いだ。

（まさか、叔母さんが住む島に留学するなんて思ってもみなかったよ。それに……）

いじめの傷痕はほぼ癒され、この歳で童貞を捨てられたのだから、亜矢子には感謝してもしきれない。

「ああ、あと二カ月半でおしまいか」

「いつでも遊びにおいで。おばあちゃん、待ってるから」

「……うん」

祖母の言葉に頷いた直後、やや肩を窄めた亜矢子が居間に戻ってきた。

「真美は、寝たのかい？」

「ええ、さっそくイビキ掻いてるわ」

真美はがんばって起きていたものの、除夜の鐘を聞く前に寝てしまい、自室に連れていかれたのだ。

「うう、寒い」

亜矢子がこたつに入ると同時に、祖母がテーブルに手をついて立ちあがる。

「さてと……」

「おばあちゃん、寝るの？」

「眠くなっちゃったよ。拓ちゃんも、夜更かししたらだめよ」

「うん、わかった。おやすみなさい」

「はい、おやすみ」

祖母が居間から出ていき、亜矢子と二人きりになる。テレビの画面はお笑い芸人が漫才を披露していたが、拓也の目にはまったく入っていなかった。

こたつの熱源が血流をよくしたのか、下腹部がムズムズしだし、ペニスはすでに半勃ちの状態を維持している。

許されるものなら、今すぐにでも目の前の美熟女に飛びかかりたかった。

「拓ちゃん、自分の部屋に戻らないの？」

「う、うん」

冬休みに入ってからは睡眠もたっぷりとっているため、眠気はまるで感じない。

彼女のほうから、誘いをかけてくれないだろうか。

(元旦に露天風呂で初エッチできる中二なんて、俺くらいかも)

淫らな光景が頭に浮かび、性衝動は高まるばかりだ。拓也は爪先で横座りする亜矢子の膝をチョンチョンとつつき、上目遣いに様子をうかがった。

ところが彼女はテレビに視線をとめたまま、チラリとも見ようとしない。明らかに無視しており、少年は躍起になって股のあいだに足の先を差し入れようとした。

「あっ、くう」

脛をギュッとつねられ、あまりの痛みに飛び跳ねれば、亜矢子は振り向きざま睨みつけた。

「何やってるの？」

「ほうぉ、いってぇ。叔母さん、ひどいよ。あぁ、痣《あざ》になってる」

「拓ちゃんが悪いんでしょ」

「だって……冬休みに入ってから、まだ一度もしてないし」

「仕方ないわ。年末でいろいろと忙しかったんだから」

「溜まりに溜まって、爆発しちゃいそうなんだ」

「もう……そっちのほうしか考えられないの？」

壁時計を見あげれば、年明けまで二十分を切っている。できれば、エッチをしながら新年を迎えたい。

「叔母さん、露天風呂に……」

「だめよ。おばあちゃんに気づかれるわ」

「もう寝ちゃってるよ」

「さっき部屋を出ていったばかりでしょ」

拗《す》ねた素振りを見せれば、亜矢子は溜め息をつき、打って変わって意味深な笑みを浮かべた。

「……あ」

股の付け根に快感が走り、顔をくしゃりと歪めて目尻を下げる。熟女は逆襲とばかりに足を伸ばし、股間の膨らみに刺激を与えてきた。

「はふっ、はふっ」

「いやだわ。こんなに大きくさせて」

亜矢子はテーブルに頬杖をつき、こちらの顔を見据えながら足を小刻みに振動させる。思いも寄らぬ電気あんまの洗礼に、拓也は恍惚の表情を浮かべた。

肉茎がスウェットズボンの下でフル勃起し、あまりの気持ちよさに身をくねらせる。

「あ、く……そんなに激しくしたら出ちゃうよ」

「あら、いいの？　パンツの中に出しちゃっても」

「お、叔母さぁん」

猫撫で声で甘えると、亜矢子は股間から足を離し、艶めいた表情で呟いた。

「いいわ、先に向かって。私は、あとから行くから」

「ホ、ホントに!?」

「しっ！」

平屋の家は部屋数が五つもあり、真美や祖母の部屋は離れていたが、もしものケースを考えれば大きな声で迂闊《うかつ》な会話は交わせない。

「あ、ごめんなさい」

「いつもどおり、裏口から出ていくのよ」

慌てて声を潜めると、亜矢子は聖母マリアのような笑顔を返した。

「す、すぐに行ってもいい？」

「洗い物しなきゃいけないし、そんなに早く行けないわよ」

「うん、待ってる」

美熟女を久しぶりに抱けると考えただけで、堪えきれない淫情が込みあげる。

拓也は善は急げとばかりにこたつから脱けだし、タオルを取りに自室に向かった。

3

（あぁ、いい気持ち）

露天風呂は亜矢子の自宅から歩いて五分、小高い裏山の中腹にある。

周囲は竹塀と深い森に囲まれているため、麓《ふもと》まで声が届く心配はまったくない。湯殿は三、四人しか入れず、洗い場も二人分ほどのスペースしかなかったが、満点の星を眺めているだけで心が洗われた。

(母さん、こんないい島をよく離れたよな)

田舎の若者らがみんなそうであるように、拓也の母も都会に強い憧れを抱き、服飾デザイナーを目指して上京したらしい。

父とのなれそめは友人の紹介だと、子供の頃に聞かされていた。

(でも、東京に出てこなかったら、父さんと知り合えなかったわけだし、俺も生まれなかったんだから……しょうがないか)

帰京したら公立の中学に転校と、また新たな生活が待ち受けている。高校を卒業したら、K島に移り住むのもいいかもしれない。

「大学で教職免許をとって、こっちの学校で働くのはどうかな?」

将来の展望をあれこれ思うなか、拓也は湯船の中の男根を見下ろした。

童貞を喪失してから、およそ三カ月半。包皮は剝けている時間が長くなり、ペニスはより逞しさを増した気がする。

(これから、もっと成長するはずだよな)

いつかは、亜矢子を悶絶させる日が来るのだろうか。淫らな妄想に耽っていると、脱衣所から人の気配が伝わった。

磨りガラスに女性の影が映り、ハッとして身構える。男の紋章は早くも充血の強ばりと化し、湯の中でゆらゆら揺らめいた。

引き戸が音もなく開けられ、身体の前面をタオルで隠した亜矢子が姿を現す。

布地の脇からはみでた乳房の輪郭、美しいS字を描くボディライン。なまめかしい熟れた肉体から目が離せない。

拓也は物欲しげな顔を向けたまま、ジンジンと疼く勃起を力強く握りしめた。

少年の心の内を知ってかしらずか、熟女は一瞥もくれず、半身の体勢から腰を落とす。そして木桶を手に取り、湯殿から掬った湯を肩からかけ流した。

濡れた肌がきらびやかな光沢を放ち、女の色香をいやが上にも漂わせる。

亜矢子は股間をタオルで覆いつつ、左足から源泉にゆっくり入っていった。

たわわな乳丘がふるんと揺れ、恥も外聞もなくしゃぶりつきたくなる。

すでに数回の契りを交わしているのに、いまだに余裕を持てない自分が恨めしい。

「あぁ、あったかいわぁ」

「う、うん」

「あと、もう少しで留学も終わりね」

「叔母さんには……いい話をいただいて、すごく感謝してます」

「やだ……急にかしこまって、どうしたの。拓ちゃんも、大人になったということかしら」

鷹揚《おうよう》とした態度で男の成長を知らしめたかったが、煮え滾《たぎ》る性欲は抑えられない。

「叔母さぁん、我慢できない」

拓也は甘ったるい声を放ちつつ、熟女に向かって湯の中を突き進んだ。

「ふふっ、顔がもう真っ赤よ」

豊満な肉体にしがみつき、桜桃にも似た唇に貪りつく。手のひらを押し返す乳房の弾力に陶然とする一方、少年はいきり勃つペニスをふくよかな腰に押し当てた。

「ンっ、ンふぅっ」

とたんに亜矢子は鼻から吐息をこぼし、舌を搦め捕る。猛烈な吸引で唾液を啜られ、男の証が熱い脈動を繰り返した。

「むふっ!?」

柔らかい指が肉幹に絡みつき、軽く上下にしごかれる。たったそれだけの行為で背筋がビクンと反り、堪えきれない淫情が内から迸った。

長いディープキスのあと、唇がほどかれ、二人の口のあいだで透明な粘液が淫らな橋を架ける。入浴したばかりだというのに、亜矢子の目元は早くも紅潮していた。

「身体は……洗ったの？」

「いや、まだ」

「いらっしゃい。洗ってあげるわ」

本音を言えば、今すぐにでも結合したかったのだが、夜はまだまだ長い。冬休みということもあり、これまでのようにあくせくする必要はないのだ。

亜矢子に続いて湯から上がった拓也は、股間の肉槍を手で隠しながら木造のバスチェアに腰かけた。

(落ち着け……落ち着くんだ)

山村留学まで残り三カ月を切り、美熟女と身体を合わせる機会は限られているのである。できることなら亜矢子を絶頂に導き、成長した姿を見てもらいたい。

それが当面の目標であり、また恩返しになるのではないか。

亜矢子は背後に回りこみ、タオルを石鹸で泡立てる。柔らかい布地で背中を洗われるあいだ、拓也は俯き加減から精神統一を試みた。

「叔母さん、寒くないの？」

「ええ、大丈夫。拓ちゃんのキスで、ポカポカになったわ」

言葉をかけて気を逸らせば、ペニスがようやく萎えはじめるも、タオル地の感触が心地よく、七分勃ちを維持したままだ。

「手を伸ばして」

「……うん」

竹塀の向こうから葉擦れの音が微かに聞こえ、まったりした時間に再び気分が安らいでいく。

(ああ……やっぱり、この島を離れたくない。叔母さんの家でずっと暮らしたいな)

感傷的な気持ちになった瞬間、亜矢子に肩を軽く叩かれた。

「さ、立って」

言われるがまま腰を上げれば、臀部と足にタオルが押し当てられる。

(このあと、どうするんだろ？　前のほうは、まだ洗ってもらってないけど)

身体を反転させれば、恥部を晒さなければならない。何度も見られているのに、妙に気恥ずかしく、股間の中心がまたもやカッカッと火照った。

(やべっ……チ×ポ、勃っちゃう)

反射的に半勃ちのペニスを手で隠そうとした刹那、突然、泡まみれの手が腰の右側から回りこんできた。

あっと思ったときには男根を握られ、甘美な性電流が身を駆け抜ける。

「おチ×チンも、よく洗っておかないとね」

「あ、あふっ」

泡が指のすべりをなめらかにし、ヌルヌルの感触がこの世のものとは思えぬ快感を与えてくる。下腹部に力を込めても意味をなさず、拓也は棒立ち状態のまま奥歯をガチガチ鳴らした。

大量の血液が股間の中心に流れこみ、牡の肉が剛直と化していく。

「あらら、どうしちゃったのかしら。どんどん大きくなってくわよ」

「はふっ、はふっ」

「もうコチコチだわ」

亜矢子は軽い言葉責めで性感を煽り、肉胴に柔らかい指腹を往復させる。

結合したあと、すぐに射精させないために、彼女はあらかじめ精を抜いておき、本番へと突入するのだ。これまではフェラチオで放出させられていたが、石鹸を使用した手コキは初めてのことで、新鮮な刺激が少年を高みに追いやった。

「お、叔母さん……そんなに激しくしたら、もう出ちゃうよ」

「出したって、おチ×チンは元気なままでしょ？」

すかさず手のひらがローリングしだし、きりもみ状の刺激が肉筒に吹きこまれ、拓也は顔を上げて咆哮した。

「む、ふうっ」

ぐっちゅぐっちゅと、卑猥な抽送音が夜空に響き渡り、射精欲求が崖っぷちに追いつめられる。

(あぁ、いつもこの調子で主導権を取られちゃうんだ……でも、気持ちいい)

指先が雁首をこすりあげた瞬間、拓也は虚ろな表情から腰をブルッと震わせた。

「あっ、イクっ、イッちゃう」

「いいわよ。たっぷり出して。拓ちゃんは、先っぽがいちばん感じるのよね？」

「むっ、むっ、イックぅぅっ」

泡まみれの先端から、濃厚な白濁液がビュッと飛び跳ねる。溜まりに溜まったザーメンは途切れのない射出を繰り返し、竹塀を真っ白に染めあげていった。

「いやだわ。すごい量。そんなに溜まってたの？」

「はふぅぅっ」

至高の射精感に酔いしれ、今は彼女の言葉が耳に入らない。拓也はやや内股の体勢から、愉悦にまみれた表情で身をわななかせた。

4

放出してモヤモヤは収まったものの、ペニスは依然として勃起したままだった。

湯船に入って息を整えるなか、亜矢子は自分の身体を洗いはじめ、首筋から乳房、腹部から脇腹、そして美脚へと、白い肌がソープで泡立つ光景を羨望の眼差しで見つめる。

彼女は長い足を見せつけるかのように伸ばし、流麗なラインにまたもや牡の血が騒ぎだした。

(匂いがなくなるから、ホントは身体を洗ってほしくないんだけど)

女芯から放たれるムンムンとした芳香が性感を研ぎ澄ませるのだが、エッチの前に汗を流すのは大人の女性のエチケットなのだろう。

(あぁ、また盛りだした)

亜矢子は桶に張った湯で泡を流したあと、バスチェアから立ちあがり、再び湯殿に歩み寄った。

「いやだわ、じっと見つめて……そんなに見たいの？」

「うん、見たい！」

目をらんらんと輝かせれば、美熟女は微笑を浮かべ、湯殿の中に足を差し入れた。

「少し、あったまらせて」

亜矢子は憎らしいほど余裕があり、焦らしのテクニックで性欲本能を撫であげる。彼女の心の内は読み取れても正常心は働かず、拓也はまたしても彼女のもとに近づいていった。

「叔母さん」

抱きつきざま、透きとおるように白い首筋に唇を這わせる。すかさず柔らかい指が肉幹に巻きつき、性欲は瞬時にして沸点に到達した。

「我慢できないの？」

「はあはあ、うん。エッチしたいよ」

熟女は苦笑してから立ちあがり、湯殿を囲う平たい岩の上に腰を落とす。そして肉づきのいい太腿を、そろりそろりと拡げていった。

待ってましたとばかりに身を乗りだし、かぶりつきの状態から股間の暗がりに熱視線を浴びせる。股のあいだに頭を割り入れれば、すぐさま両足が狭まり、ふんわりした内腿が頰を挟みこんだ。

「いやらしい子ね」

「叔母さん、もっとよく見せて」

眉尻を下げて懇願すると、亜矢子は再び足を拡げ、熟れた恥肉が眼前に隅々までさらけだされる。平静を装っていても、二枚の肉びらはすでに厚みを増し、狭間からは深紅色の膣内粘膜が覗いていた。

「ン、ふぅ」

スリットを指で撫でつけただけで淫液が透明な糸を引き、亜矢子が艶っぽい吐息を放つ。やがて小さな尖りが包皮を押しあげ、ぬらぬらしたルビー色の陰核を剝きだしにさせた。

今までは一も二もなくかぶりついていたのだが、女肉の変化をまじまじと観察しているのだから、少しは成長したのだろうか。

小鼻をひくつかせると、ソープの香りに混じり、南国果実の匂いが仄《ほの》かに漂う。

誘蛾灯に誘われる羽虫のごとく、拓也は顔を近づけ、唾液をたっぷりまとわせた舌を差しだした。

「い、ひっ！」

秘裂に沿って舌を上下させ、頂点の尖りをくにくにといらえば、亜矢子は奇妙な呻《うめ》き声をあげて身を引き攣らせる。

肉の綴じ目から溢れだす花蜜は、いつもよりとろみが強いうえに量も多い。

「あ、すごいや……叔母さん、感じてるの?」

「はあはあっ、はぁぁ……生理前だから……敏感になってるの」

熟女はそう言いながら、自ら恥骨を迫りだした。

(女の人って、生理の前になると、昂奮するものなんだ)

独り合点《がてん》する一方、冷静に分析している自分が信じられない。

最初の頃は何も考えられずに貪りついていたのだが、大人への階段を一歩ずつ昇っているのは間違いなさそうだ。

拓也は舌ばかりでなく、指を使って性感ポイントを刺激した。

ボリューム感溢れる陰核をつついてはこねまわし、指を膣口に挿入しては媚粘膜を掻きまわす。

「う、ふっ⁉」

膣の上部を撫でさすると、亜矢子の反応が顕著になり、少年は梅干し大のしこりを集中的に責めたてた。

「ああ、いい、気持ちいいわぁ」

「ここ？　ここが感じるの？」

「そう、そうよ。もっと強くして……ンっ!?」

指の抽送が自然と速度を増し、愛液がにっちゃにっちゃと淫らな音を奏でる。

指先はあっという間にぬめり返り、じゅくじゅくした内粘膜が今にも飛びださんばかりに盛りあがった。

（ホントに……すごいや）

回数をこなすたびに、亜矢子も性感が発達したように見えるのは、都合のいい思いこみだろうか。

女盛りを迎えた熟女の媚態はやたら悩ましく、拓也は何度も生唾を飲みこんだ。

股間のいきり勃ちは、あまりの勃起力から感覚が失せている。射精欲求も今のところはボーダーラインを保ち、幸いにも獰猛な貪欲さは鳴りを潜めていた。

「……あぁ、いやっ」

亜矢子はタイルに後ろ手をつき、さらに大股を拡げる。こんもりした恥丘の膨らみが桜色に染まり、紅色の粘膜が生き物のようにうねっては指を締めつける。

左手の親指でクリットをこすりながら膣内の律動を繰り返せば、下腹部の震えが全身にまで伝播した。

「はあはあ、いい、拓ちゃん、すごいわ」

褒められれば気分が高揚し、性のパワーが全開になる。

(ようし、指だけで叔母さんをイカしてやる!)

まなじりを決した拓也は息を止め、猛烈な勢いで腕を打ち振った。

「い、ひぃぃぃぃンっ!」

バシャバシャと大きな音とともに湯が波打ち、亜矢子はデリケートゾーンに怯えたような視線を向ける。

「だめっ……だめっ」

か細い拒絶を無視し、美熟女を絶頂に導くべく一心不乱に怒濤《どとう》のピストンを繰りだせば、やがて震える手が拓也の腕を握りしめた。

我に返って仰ぎ見れば、亜矢子は憂いを帯びた表情で呟く。

「そんなに激しくされたら、おかしくなっちゃうわ」

エクスタシーを迎えるにはまだ早く、もっと快感を享受していたいのか。

熟女は腕を摑んだまま立ちあがり、拓也は湯殿から強引に引っ張りあげられた。

反動から、赤黒く鬱血した肉棒がメトロノームのごとく揺れる。

「すごいわ……おチ×チン、ビンビン」

「おふっ」

牡の証をシュッシュッとしごかれると、いやでも放出願望が上昇カーブを描く。

亜矢子は露天風呂の端に歩み寄り、長さ一メートル、幅が四十センチほどの木の長椅子に促した。

「仰向けに寝て」

「……うん」

指示どおり、そそくさと身を横たえる。入浴時の火照った身体を冷ます目的から置かれた椅子は、最近ではもっぱらベッド代わりに使用していた。

（でも……いつも叔母さんが上になるんだよな）

正常位のピストンでは物足りないのか、自ら動ける体位のほうが快感を得られるのかもしれない。

亜矢子は腰を跨がり、下腹に張りついた怒張を起こしてヒップを沈めた。

「あ、あ、むむぅっ」

宝冠部が溶け崩れた秘唇を割り開き、ゆっくり埋めこまれていく。

ヌルヌルの感触が心地よく、期待がいちばん高まる瞬間だ。熟女も同じ気持ちなのか、片眉を上げ、切なげな表情から途切れ途切れの吐息を洩らした。

「ンっ、く、くふぅっ」

雁首に受けていた圧迫感が消え失せ、肉棒が膣の中にズブズブと埋没していく。恥骨同士がピタリと合わさり、ぬくぬくの媚粘膜がうねりながらペニス全体を締めつけた。

(く、くう……気持ちいい)

丹田《たんでん》に力を込め、懸命の自制を試みる。射精欲求の先送りをした拓也は閉じていた目を開き、熟女の美貌を仰ぎ見た。

「今日の拓ちゃん、いちだんと……大きくて硬いわ。どうしちゃったの?」

久方ぶりの情交とあってか、やはり膨張率はふだんよりも増しているらしい。亜矢子は唇を嚙み、身を強ばらせたまま結合の余韻に浸っていた。

「動いていい?」

「……だめ。拓ちゃんは、そのままじっとしてるの」

熟れたヒップがゆったり引かれ、肉びらの狭間から硬直の逸物が姿を現す。胴体にはすでに大量の愛蜜がへばりつき、照明の光を反射して淫靡な輝きを放った。

再び双臀が沈みこみ、にゅぷぷぷっと空気混じりの肉擦れ音が響きたつ。

「ン、はあああっ」

亜矢子は甲高い声をあげたあと、ねっとりした肉びらと膣内粘膜で男根を蹂躙していった。

リズミカルなピストンが開始され、肉筒が熱々の媚粘膜に揉みくちゃにされる。ヒップが太腿を打つ鈍い音が鳴り響き、快感が上昇気流に乗りだす。

ペニスは最大膨張率を保ったまま、蜜壺への抜き差しを延々と繰り返した。

「はあぁあぁっ、いい、いいわぁ！」

「ぐっ、ぐっ！」

豊臀が下腹部を圧迫して息が詰まるも、浮遊感は徐々に増幅し、拓也は来《きた》るべき瞬間に備えて身構えた。

いつもならこの時点で射精への導火線に火がつくのだが、この日はまだまだ限界値を迎えない。亜矢子が律動のピッチを抑えているのか、それとも回数をこなしたことから多少なりとも媚肉の締めつけに慣れたのか。

いずれにしても、拓也は無意識のうちに腰を突きあげた。

「ひっ、くっ」

とたんに熟女は眉根を寄せ、ソプラノの声を発する。

「はっはっ！　動いたら、だめだって……は、ひンっ」

この機を逃さぬとばかりに、少年は小刻みなピストンで膣肉を掘り返していった。

「あ、やあぁぁあっ！」

亀頭の先端で子宮口を連打し、えらの張った雁首で膣壁をこすりあげる。さらには手を伸ばし、上下にわななく乳丘を手のひらで力強く引き絞った。

「ン、ふわぁっ！」

「ぬおおっ」

怒濤のピストンに応えるかのように、ヒップの打ち下ろしも加速していく。

亜矢子の身体が弾みだし、結合部からグッチュグッチュと濁音混じりの破裂音が絶え間なく響き渡った。

「あぁ、いいっ！　拓ちゃん、すごい。叔母さん、イッちゃいそうよ」

セックスで、初めて熟女を絶頂へと導けるかもしれない。やる気と期待感を膨らませた拓也は、渾身の力を込めて肉の砲弾を撃ちこんでいった。

「ひぃ、やあああぁぁぁっ！」

射精願望は緩みのない上昇を続け、睾丸の中の樹液が煮え滾る。毛穴から汗がいっせいに噴きだし、肌の上を滝のように流れ落ちる。

（あ、ぐぐっ。こっちも限界かも）

両足の筋肉を盛りあげ、腰をよじっても放出願望は抑えられず、白濁の塊が射出口を圧迫した。

「あンっ、あンっ、あンっ！」

亜矢子はラストスパートとばかりに、高みに向かって腰をシェイクさせる。

男根がヌメヌメの媚粘膜にこれでもかと引き転がされ、あまりの快感に脳の芯がビリビリ震えた。

「ぐおぉぉっ」

「い、ひぃぃンっ！」

どうせ射精するならと腰をガンガン突きあげ、強大な肉悦を全身全霊で享受する。

やがて美熟女は口を大きく開け放ち、悦の声を高らかに轟かせた。

「あっ、やっ、イクっ、イッちゃう！　イックぅぅぅっ!!」

エンストした車さながら豊満尻がわななき、収縮した膣襞が怒張をギュンギュン引き絞る。

「むふっ！　あ、あ、イグっ、イッグぅぅっ」

こめかみと首筋の血管を膨らませた少年は自制心を解き放ち、思いの丈をぬくぬくした肉洞の中にたっぷり注ぎこんだ。

亜矢子が目を閉じ、うっとりした表情でしなだれかかる。荒い息が止まらず、合わさる胸が忙しなく起伏した。

「はあぁ……やだ、イカされちゃったわ」

動悸が収まりはじめる頃、耳元で囁かれ、さも満足げに白い歯をこぼす。

(そうだ……俺、初めて叔母さんをセックスでイカせたんだ)

達成感に気持ちが弾み、男としての自信が漲った。

「今からこれじゃ、将来はどうなっちゃうのかしら? 女の子、泣かせちゃだめよ」

「……うん」

素直に答える一方、媚肉はいまだに蠢動を繰り返し、ペニスをしっぽり揉みこんでくる。放出したばかりにもかかわらず、萎えかけていた牡の証に再び硬い芯が注入されていった。

この調子なら、あと二、三回はイケそうだ。尽きることのない性衝動に駆られながらも、拓也は愛する叔母を力いっぱい抱きしめた。

第八章　深夜の宴は悦楽３Ｐ

1

三月下旬を迎え、ついに山村留学の終了日を迎えた。

終業式のあと、クラスメートが送別会を開いてくれ、拓也は彼らに感謝するとともに、この島に留学してよかったと心の底から思った。

下校途中、肩を並べて歩く潤一郎がしんみりと呟く。

「島を離れるのは、明後日か？　寂しくなるな」

「……うん」

イタズラ好きの少年には、良くも悪くも様々なことを教わった。

Ｋ島ではいちばん交流の多かった友人で、顔を合わせなくなるのはやはり寂しい。目尻に涙を滲ませると、彼は高笑いしてから肩を叩いた。

「元気、出せよ！　これで、会えなくなるわけじゃないだろ？　夏休みにでも遊びにくればいいし、俺もそのうち東京に行くからさ！」

「そ、そうだね」

「見送り、絶対に行くからな」

「……ありがと」

分かれ道に来ると、潤一郎は手を振って別れを告げ、拓也は儚《はかな》げな微笑を返した。父親の勝治はいまだに社会復帰ができない状況だったが、どんなときでも明るさを失わない。

見習うべきところは多々あり、まさに親友と呼ぶにふさわしい友だちだった。

（はあっ……本当に終わっちゃうんだな）

砂利道を一人とぼとぼ歩きだすと、この一年のあいだに体験した出来事が脳裏を走馬燈のように駆け巡る。

林間学校に花火大会、遠足にキャンプ体験など。どれもこれも楽しい思い出ばかりだったが、やはり亜矢子との情交は強烈な経験だった。

正月以降、拓也の性技には磨きがかかり、熟女と肌を合わせるたびにエクスタシーに導いている。

快楽に噎び泣く姿を目にすれば、男としての自信もますます高まり、今や少年の顔から、かつてのおどおどした表情は跡形《あとかた》もなく消え失せていた。

(明日はママが来るし、今日の夜が叔母さんとの最後のエッチになるんだ)

亜矢子とは午後十一時半に逢瀬の約束を交わしており、くしくも今日は拓也の十四歳の誕生日でもある。どんな淫らなプレゼントが待ち受けているのか、考えただけでペニスが熱くなった。

「やばい……勃ってきた」

勃起の位置を直し、苦笑してから家路を急ぐ。

一分一秒でも早く、愛する人の顔を見たかった。できることなら、今すぐにでも淫らな行為に耽りたかった。

(もう五時過ぎか。送別会のあと、潤一郎と教室でずっと話してたから、ずいぶんと遅くなっちゃったな)

亜矢子は朝方、仕事を早めに切りあげると言っていた。

今頃は、祖母とともに誕生日会のご馳走を作っているはずだ。

（おいしいものを、たくさん食べたあとは……くふっ）

ふしだらな妄想が頭に浮かび、股間の逸物がことさらしなる。嬉々とした顔つきで玄関の引き戸を開けるや、拓也は喉が割れんばかりの声を張りあげた。

「ただいまっ！」

靴を脱ぎ捨てて間口にあがれば、料理の匂いが鼻先をふわんと掠める。廊下を足早に歩き、リビングに入ると、祖母がにこやかな顔で振り返った。

「お帰り」

「ただいま……あれ？」

周囲を見まわしても、亜矢子の姿はどこにもない。拓也は怪訝な表情で、キッチンに立つ祖母のもとに歩み寄った。

「叔母さんは？」

「露天風呂に行ったよ」

「……え？」

「真美が行きたいって、駄々をこねだしてね。私たちがずっと料理にかかりっきりだったから、退屈だったんだろうね」

「あ、そうなんだ」

「それにしても……遅いわね。拓ちゃん、悪いけど、呼びにいってくれない？」

「うんっ！」

そのまま勝手口に向かい、サンダルをつっかけて外に出る。あたりはすっかり薄暗くなり、拓也は山の斜面に造られた木の階段を足早に昇っていった。

（露天風呂か……今日の夜も、あそこになるのかな）

二人の関係は身内にはもちろん、村人にも絶対に知られてはならない。

露天風呂は密会の場所としてはうってつけだったが、さすがに少々飽きたという印象は否めなかった。

（仕方ないか。蔵の中は絶対にいやだし、他に適当な場所もないし、誰かに見つかったら、叔母さんがいちばん困るんだから）

細い階段を昇りきり、露天風呂に向かって歩を進めるあいだ、またもや淫らな妄想に取りつかれる。パンツの裏地にこすれたペニスがやたら気持ちよく、いつの間にか股間は大きなマストと化していた。

（やべっ……またスイッチが入っちゃったみたい）

獰猛な性欲はいついかなるときも、自分の意思とは無関係に頭をもたげてしまう。

亜矢子との最後の夜という状況も、昂奮を高めているのかもしれない。

大いなる期待感が牡の淫情に拍車をかけ、少年の目は野獣のごとくギラついた。

（あぁ……どうしよう。これから誕生日会を兼ねたお別れ会があるのに、ムラムラが全然止まらないよ）

もちろん、美熟女との逢瀬の前に抜くのはもったいなさすぎる。さりとて性体験を何度もこなしている今、覗き見程度で満足するわけもなく、拓也は全身に吹き荒れる性欲の嵐に翻弄されるばかりだった。

無理をしてでも、煮え滾る情欲を鎮めなくては……。

気持ちを落ち着かせようとした刹那、よからぬ企みが頭をよぎった。

（叔母さん……今、裸なんだよな）

当然、脱いだ下着は脱衣籠の中に入れているはずだ。亜矢子の下腹部を包みこんでいた布地は、どんな様相を呈しているのだろう。

思い返せば、彼女は行為の前にいつも汗を流していた。

唯一、キャンプのときだけはシャワーを浴びなかったが、あのときも陰部に香水らしきものを振りかけていたのである。

（叔母さん、きれい好きだもんな。あぁ……一日中穿いてたパンティ、おマ×コの匂いがたっぷり染みついてるんだろうな。あぁ、嗅いでみたい！）

倒錯的な思考が夏空の雲のように膨らみ、迸る情動を抑えられない。

見つかったら、間違いなく嫌われる。そのリスクがさらなる昂奮を呼び、意識が獣じみた本能へと転がりだした。

チャンスはもうこの日、このときしかないのだ。耳を澄ますと、真美の歌声とはしゃぐ音が聞こえてくる。

「やだ、ちょっと。湯船の中で泳がないで」

亜矢子の叱責する声を耳にした限り、二人はまだ湯殿の中にいるらしい。

(チャ、チャンス！　脱衣所にこっそり忍びこんで、パンティの中を覗くんだ)

布地に染みついた匂いをたっぷり嗅いだあと、外に出て竹塀の外から声をかければバレることはないはずだ。

グズグズしている暇はない。やるのなら、すぐにでも行動に移さなければ……。

覚悟を決めた拓也は露天風呂の出入り口に駆け寄り、音を立てぬように引き戸を開けた。

手作りの棚に目を向ければ、ふたつの脱衣籠が目に入り、左側の籠から赤い布地がはみでている。

(朝、真美ちゃんが穿いてたスカートだ。すると右側が、叔母さんの使っている籠だ

な）

磨りガラスに人影が映らぬよう、拓也は床に這いつくばり、匍匐《ほふく》前進さながらの格好で棚板まで突き進んだ。

（よし！　この場所なら、もう磨りガラスに映らないぞ）

上体を起こして、膝立ちの体勢から籠の中に手を突っこむ。厚みのある衣服を掻き分けると、指先がひと際柔らかい布地の感触を捉えた。

胸をときめかせつつ引っ張りだせば、ライトパープルのショーツに目を見開く。総レース仕様のセミビキニは、間違いなく大人の女性が穿くランジェリーだ。

（おっ、おっ、い、色っぽい）

ペニスがズキンと疼き、息が自然と荒くなる。拓也はさっそくウエストに指を添え、神秘のクロッチに熱い眼差しを注いだ。

（あっ、あっ、あっ！）

船底にくっきり刻まれたハート形のシミ、中央に走るレモンイエローの縦筋。周囲にはカピカピした粘液の跡がべったり張りつき、白い粉状の分泌物が付着している。

（お、女の人の下着って、こんなに汚れるものなの？）

清廉なイメージの亜矢子が着用していたとは、とても思えない。峻烈な驚きとともに凄まじい昂奮が突きあげ、少年の目つきは瞬く間に鋭さを増していった。

(あぁ、湿ってる)

指で基底部を外側から押しあげると、湿り気の感触に浮き足立つ。

淫らな女陰のスタンプに鼻を近づければ、甘酸っぱい芳香に続き、ツンとした刺激臭が鼻腔を突き刺した。

(う、おっ)

潮の香りにも似た匂いは紛れもなく恥肉から放たれたものであり、つい今しがたまで亜矢子が穿いていたものなのだ。お世辞にも香気とは言えなかったが、鼻をひくつかせるたびに脳髄が甘く蕩けていく。

「はあはあ」

なぜ、こんなにも昂奮するのだろう。

内に潜んでいた変態的な嗜好が、覚醒してしまったのか。邪悪な淫情はとどまることを知らずに噴出し、ズボンの下の怒張が熱い脈動を繰り返した。

(あぁ、こんな、こんな……匂いを嗅いでるだけで、イッちゃいそうだ)

童貞のときならまだしも、ペニスに触れることなく暴発寸前まで追いこまれようとは……。

耳を澄ませば、亜矢子と真美の声がやや遠くから聞こえてくる。

二人はまだ入浴しているらしく、拓也は安堵しながら手の中のショーツに羨望の眼差しを注いだ。

(はあっ、これ、おみやげに持って帰れないかな)

祖母の指示を受けてきたのだから、下着が紛失していたら、真っ先に自分が疑われてしまう。

(何か、いい方法はないかな……とりあえず、最後にもう一度だけ匂いを嗅いで)

クロッチに再び鼻を寄せた瞬間、予想外の出来事が起こった。

突然、湯殿に通じる引き戸がカラカラと開いたのである。

(……あっ!?)

まさに、天国から地獄へ真っ逆さま。驚きの表情で身を竦《すく》ませると、そこに立っていたのは亜矢子でも真美でもなく、保健教諭の絵理だった。

彼女は目を見開いたものの、慌てて口を手で塞ぐ。そしてタオルで身体の前面部を隠し、後ろ手で素早く引き戸を閉めた。

「た、拓也くん……何やってるの？」

「あ、あ……」

少年はこのとき、今日の誕生日会に絵理も参加することを思いだした。とはいえ、まさか彼女まで温泉に入っていたとは夢にも思わず、心臓が一瞬にして縮みあがる。

「あ、あの……おばあちゃんに言われて……呼びにきて」

「やだ。それ、私のショーツじゃない」

「……へ？」

これまた想定外の展開に、拓也は茫然自失した。

変態的な嗜好をぶつけた下着は亜矢子のものではなく、絵理のものだったのだ。

おそらく叔母は、娘と同じ脱衣籠を使用したのだろう。

絶体絶命の危機に脂汗が滴り落ち、唇の端がわなわなと震える。絵理はショーツを奪い取るや、目尻を吊りあげて詰め寄った。

メガネを外した女教師はいつになく艶っぽい魅力を放っていたが、もちろん容姿を愛でている余裕はいっさいない。

「亜矢子たちには伝えておくから、出ていきなさい」

「あ、あの……」

「早く」

「は、はい」

顔面を蒼白にさせた拓也は言われるがまま、脱兎のごとく脱衣所から飛びだしていった。

2

(あぁ……とんでもないことしちゃった)

その日の夜、拓也は寝床の中で枕の端を握りしめ、やるせない吐息を何度も放った。

本来なら楽しいはずの誕生日会は、羞恥と後悔の宴《うたげ》に取って代わってしまった。

絵理は終始にこやかな表情を崩さなかったが、使用済みの下着を異性に見られたのだから、怒っていないわけがない。

果たして、亜矢子の耳に入っているのだろうか。

(叔母さんも、ふだんと変わらなかったけど……)

壁時計を確認すれば、午後十一時半を大きく回っている。

(あと十分で、今日が終わっちゃう。やっぱり……絵理先生、話しちゃったのかも)

武士の情けではないが、できることなら内緒にしていてほしい。もどかしげに寝返りを打った瞬間、廊下側から人の気配が伝わり、拓也は緊張に身を引き締めた。

ノックの音が聞こえ、肩越しに掠れた声で答える。

「は、はい」

扉が音もなく開き、ガウンを羽織ったパジャマ姿の亜矢子が顔を覗かせた。

「あら、ひょっとして寝てた？」

「あ、いや……」

照明はつけっぱなしなので、彼女の表情がよくわかる。ポーチを手に優しげな笑みをたたえ、憤怒している様子は微塵も見られなかった。

「ごめんなさいね、遅れちゃって。真美が、自分の部屋になかなか戻ってくれなくて。誕生日会がよっぽど楽しかったのか、気が昂ってたみたい」

「……寝たんですか？」

「ええ」

すぐさま布団から抜けだし、ニコニコ顔で立ちあがる。

（よかった……絵理先生、黙っていてくれたんだ）

懸念材料が頭から吹き飛び、不安に代わって猛々しい淫情が漲りだす。

「叔母さん、行こう」

「スウェットだけで寒くないの？」

「大丈夫だよ。今日は、暖かかったし」

性欲のほむらは燃えさかり、身体は火を噴くほど熱化しているのだ。拓也は逸《はや》る気持ちを隠そうともせず、亜矢子のもとに駆け寄った。

薄化粧をしているのか、化粧品の甘い香りがふわんと漂い、胸がときめきだす。彼女も最初からその気で、単なる取り越し苦労に過ぎなかったのだ。

「静かにね」

「うん、わかってる」

いつもどおりに廊下を突き進み、二人は忍び足で居間の勝手口に向かった。

サンダルを履いてドアを開ければ、十メートルほど先に露天風呂へと続く木の階段が目に入る。

ペニスには硬い芯が注入され、パジャマズボンの前がもっこり隆起した。ひどく歩きづらかったが、甘い予感に心は弾みっぱなしだ。

「こっちよ」

「……え?」

いつもなら真正面の階段に向かうのだが、亜矢子はなぜか板塀のある左方向に歩を進める。そして裏木戸を開け、振り返りざま手招きした。

「お、叔母さん。あの……」

「しっ！　早く」

「あ、うん」

外に出てから首を傾げると、彼女はにっこり笑って答えた。

「ずっと露天風呂ばかりで、飽きたんじゃない？　最後の夜になるんだし、今日はちょっと趣向を凝らして、別の場所にしようかと思って」

亜矢子の言わんとすることは理解できたが、いったいどこで交歓しようというのか。

美熟女は意味深な笑みを返してから、細い砂利道を歩きだす。

仕方なくあとに続くと、一分も経たずに、ぼんやりした明かりが見えてきた。

（あ、あ、ま、まさか……）

そこは、紛れもなく絵理の家だった。

樹本家の昔ながらの平屋と違い、二階建ての小洒落《こじゃれ》た一軒家は花壇などでよく見られる木の柵で囲まれている。

亜矢子は平然とした顔で木戸を開け、拓也はただ呆気に取られるばかりだった。

（ど、どういうつもりなんだよ）

誕生日会が終わったあと、絵理は自宅に戻り、今は在宅しているはずだ。夕方の悪《あく》辣《らつ》な行為が脳裏をよぎり、いやが上にも不安が頭をもたげる。

(そうだ……絵理先生の旦那さん、漁に出て、来月の末まで帰ってこないって言ってた。ということは……家にいるのは、絵理先生だけ?)

許可も得ずに他人の敷地に侵入するはずもなく、どう考えても、二人のあいだで話を通しているとしか思えなかった。

(や、やばいかも)

愕然と立ち尽くしていると、亜矢子は涼しげな表情で振り返る。

「何してるの? 早くいらっしゃい」

「あ、あ……」

促《うなが》されても、恐怖心から足が竦んで動かない。亜矢子は拓也の手首を摑み、やや大股で勝手口に歩いていった。

彼女がドアをノックするや、待ち構えていたのか、普段着姿の絵理がすぐさま顔を見せる。メガネを外し、アップにしていた髪を下ろし、こちらはやけに艶然とした微笑をたたえていた。

「遅かったじゃない。待ってたわよ。さ、入って」

「あ、あの……あっ」

亜矢子に室内へ引っ張りこまれ、腋の下がじっとり汗ばむ。

女郎蜘蛛にとらわれた羽虫のごとく、今の少年には抗う気力もなかった。

3

（ふふっ、借りてきた猫みたいになってる。かわいいわ）

脱衣所に侵入し、いかがわしい行為をしていた話はすぐに絵理から聞かされた。

まさかとは思ったものの、性欲溢れる少年なら決してありえないことではない。

おいたをした少年を苛《さいな》む材料ができ、かえってワクワクしたほどだが、びっくりしたのは、誕生日会を終えて絵理を見送ろうとした際、拓也との関係を問い詰められたときだった。

彼女は去年の十一月末、深夜に露天風呂へ向かう二人の姿を偶然見かけ、ずっと不審に思っていたらしい。

最初は否定したものの、児童心理学に詳しい絵理は理詰めで追及してきた。

保健室でかまをかけたときの拓也のそっけない表情、今回のふしだらな行為。彼は間違いなく、あなたのショーツ目当てで忍びこんだのだと推察した。

さらには知人の息子と背徳の関係を結んだママ友の話に不自然さを感じており、亜矢子と拓也のことなのではないかと指摘したのだ。

聡明な親友をごまかすことはできず、観念した亜矢子は事の成り行きを洗いざらい告白したのである。

てっきり批判されるかと思ったのだが、意に反して絵理は目を輝かせた。

彼女は昔から十代の男性アイドルが好きで、密かに隠しとおしていた嗜好を刺激されたらしい。私も混ぜてほしいと、拝み手で懇願してきたのである。

拓也が二日後に離島する安心感もあるのか、およそ教師とは思えぬ依頼に最初は困惑するばかりだった。

だが禁断の関係を知られてしまった以上、はっきりした拒絶もできず、亜矢子は首を縦に振るしかなかった。

よくよく考えてみれば、拓也の脱衣所への侵入は犯罪といってもいい行為なのだ。

これまでは彼に自信を持たせたい、いじめの傷を癒したいという思いから半ば演技に近い悩乱姿を見せつけてきたが、結果的に甘やかすことになり、調子づかせてしまったようだ。

ここらあたりで、女の怖さをたっぷり知らしめてやらなければ……。

（それに島に来た最初の頃、絵理をきれいな人だって言ってたし、拓ちゃんにとっては最高の誕生日プレゼントになるんじゃないかしら。ちょっと癪《しゃく》だけど……）

嫉妬がないわけではなかったが、逞しい男として帰京してほしいという気持ちは嘘偽りのない本音でもある。二人の熟女に迫られた少年がどんな反応を見せるのか、考えただけで子宮の奥がひりついた。

（私って、悪い叔母さんだわ。それにしても……絵理ったら真っ赤な口紅つけて）

ルージュはもちろん、アイシャドウやチークまで施し、襟元がV字に開いたマキシワンピースに身を包んでいる。

布地がボディラインにぴったり張りつき、扇情的な雰囲気をこれでもかと醸しだしていた。

（ある程度の予想はしてたけど、もうやる気まんまんじゃない）

横目で様子を探れば、拓也は瞬きもせずに彼女の容姿を見つめている。

本当は、彼女のショーツが目当てで脱衣所に忍びこんだのではないか。

（もしそうなら、ただじゃおかないから！）

心の奥にひた隠していた嫉妬の炎が、メラメラと揺らめきだす。いまだに状況を把握できない少年は、優《すぐ》れない表情から喉仏を緩やかに波打たせせた。

「さ、拓ちゃん」

「あ……う、うん」

三和土《たたき》に足を踏み入れ、勝手口のドアを閉めて内鍵をかける。そして間口にあがり、絵理のあとに続いて廊下から二階への階段を昇っていった。

（ふふっ、足が震えてるわ）

前を歩く拓也の様子を目にしているだけで胸がドキドキしだし、早くも膣の狭間から愛液が滲みだす。

絵理が招き入れた部屋は、夫婦の寝室だった。

彼女の夫は一月の中旬から長期の漁に出ており、来月まで帰ってこない。

欲求不満は頂点に達しているはずで、女の目から見ても、発情フェロモンを全身からムンムンと発していた。

絵理は照明をつけ、ベットに腰を下ろして足を組む。そして、意味深な笑みを浮かべながら少年を見据えた。

「あ、あの……」

拓也は肩越しに、不安げな目を向ける。

「叔母さん、これはどういう……」

「そんなに心配しなくて、いいのよ。取って食われるわけじゃないんだから。絵理先生ね、拓ちゃんに話したいことがあるんだって。だから、連れてきたのよ」

まずはお手並拝見とばかりに、絵理の出方を待ち受ける。彼女は口角を上げたまま、しっとり濡れた唇をゆっくり開いた。

「拓也くん。さっき自分がしたこと、反省してる？」

「あ……は、はい」

「先生、ちょっとショックだったな。まさか、あなたがあんなことするなんて」

拓也は助けを求めてくる視線をチラチラ向けたが、亜矢子は素知らぬ顔で無視した。

(脱衣所に忍びこんで、いかがわしいことをしたのは事実なんだから、そこはちゃんと反省してもらわないとね)

まだ中学生とはいえ、ここで甘やかせたら、さらによからぬ行為に手を染めないとも限らない。拓也の斜め後ろで見守るなか、絵理は身を乗りだして問いかけた。

「いったい、どうしてあんなことしたの？」

「そ、それは……」

「拓也くんは、女の人の下着に興味があるのかしら」

「あ、あの……」

少年は顔を真っ赤にし、俯き加減から口を引き結ぶ。悪いことをしたという自覚はあるらしく、亀のように首を引っこめた。

「女の人にとって、異性に下着を見られるって、ものすごく恥ずかしいことなのよ」

「ごめんなさい……つい……魔が差しちゃって」

「盗もうとしたの？」

「ち、違います」

このときばかりははっきり否定し、窃盗目的ではなかったようで、とりあえずはホッとする。絵理は間を置かずに、厳しい詰問で拓也を追いつめていった。

「盗むつもりがなかったのなら、私の下着で何をしてたの？」

少年は苦悶の表情を浮かべ、またもや無言の行を貫く。亜矢子はそっと寄り添い、あえて優しげな口調で助け舟を出した。

「悪いことをしたのは事実なんだから、正直に言わないと。嘘をつくのが、いちばんだめなのよ」

手が小刻みに震え、額がじっとり汗ばんでいる。やがて拓也は俯いたまま、消え入りそうな声で答えた。

「ど、どんなものなのか、見たくなって……その……手に取って……手触りを確かめてみました」

「それだけ？」

「あの……ちょっとだけ、中を覗きました」

「他には？」

「ちょっぴり……匂いを嗅いでみたりとか」

「まあっ！」

亜矢子と絵理の口から驚きの声が放たれるや、少年はますます肩を窄め、哀れとしか思えぬほど落ちこむ。泣きそうな顔が母性本能をくすぐり、本音を言えば、今すぐにでも抱きしめてキスの雨を降らしたかった。

絵理は追及の手を緩めず、核心を突く質問を投げかける。

「どうして、私の下着なんか……その理由を教えて」

沈黙の時間が流れ、たじろぐ少年をねめつける。

(ちょっと、何ですぐに答えられないの！　私のパンツが目的だったんでしょ！)

拓也は島を訪れた当初、絵理に気がある素振りを見せていたため、ひょっとしてという思いがないわけではない。

嫉妬に駆られた亜矢子は、思わず少年の腕をつねりあげた。

「いてっ！」

彼は涙目で身を縮め、肩を震わせる。

「心配だわ。東京に戻ってから、また同じことするんじゃないかと思うと。こっちで悪い遊びを覚えたなんて言われたら、この島の信用にかかわることだもの」

昔ながらの親友はもっともらしいセリフを告げ、いよいよ女の本性を露にした。

「今のうちに、しっかり矯正しておかないと」

「い、いや、絶対にそんなことしません。あれは、たまたま……」

「拓也くんにも、恥ずかしい思いしてもらうわよ。服を脱いで、裸になって」

「へ……そ、そんな」

拓也は顔を青ざめさせ、唇の端をぷるぷる震わせる。狼に見据えられた子羊のような素振りに、亜矢子は吹きだしそうになった。

絵理は自然な流れから、年端もいかない少年を苛もうとしている。

(彼女ったら、学校ではよっぽど毅然とした態度をとってるのね。そんなに怖がらなくてもいいのに)

このあとは最高のプレゼントが待ち受けており、歓喜の雄叫びをあげるのは火を見るより明らかなのだ。絵理のショーツに欲望をぶつけたことをよほど後悔しているのか、十四歳の少年はまだまだ想像力が乏しいらしい。

「さ、早く」

女性教諭が凜とした眼差しを向けると、拓也は観念したのか、スウェットの裾をそっとつまんだ。

4

（とんでもないことに……なっちゃった）

熟女らの心の内を知るよしもなく、大いなる怒りから咎められていると勘違いした少年は背筋に冷や汗を垂らした。

二人の前で全裸になるのは抵抗があったが、絵理の言い分はもっともで、ひどく恥ずかしい思いをしたのだから、拒絶する権利は一パーセントもなさそうだ。

覚悟を決めた拓也はスウェットの上をインナーごと頭から抜き取り、ズボンのウエストに手を添えた。

（あ、や、やばい）

叱責を受けている最中にもかかわらず、なぜか下腹部がモヤモヤしだす。

またもや性欲のスイッチが入ってしまったのか、それとも美熟女二人に見つめられているという状況が異様な昂奮を促《うなが》したのか。

いずれにしても躊躇した少年は、顔をしかめつつ手の動きを止めた。

「あら、どうしたの？」

「あ、あの……」

「もちろん、恥ずかしいのはわかるわよ。でも、それなら自分のしたことがどれほどのものか、理解できるわよね？」

離島直前に、とんでもない事態を迎えてしまった。

（ああ、バカバカ、何であんなことしちゃったんだよ）

最近では肌を合わせるたびに美熟女を絶頂に導き、男としての自信と威厳を保っていたのだが、最後の最後に自らの失態から地に落ちてしまった。

臍《ほぞ》を噛んだところで、一度失った信頼は取り戻せず、しかも手にしたショーツは絵理のものだったのだから、亜矢子が許せないのも無理はない。

ピリピリした気配が斜め後方から伝わり、恐怖から足が竦んでしまう。

止めてくれるのではないかと、ちょっぴり期待したのだが、亜矢子は泰然《たいぜん》自若《じじゃく》の姿勢を崩さず、フォローの言葉ひとつかけてくれなかった。

（やっぱり……すごい怒ってるのかも。女の人からしてみたら、とんでもない行為だもんな）

絵理は瞬きもせずに、こちらの一挙手一投足を見つめている。

「早く脱ぎなさい」

あきらめの境地に達した少年は言われるがまま、スウェットズボンに続き、ボクサーブリーフを脱ぎはじめた。

（は、恥ずかしいっ！）

羞恥心に身が裂かれそうになるも、逆に胸はざわつき、海綿体に大量の血液がなだれこんだ。

（あっ、やべっ！　小さくなれっ‼）

心の懇願虚しく、ペニスは重みを増し、ブリーフのフロントを膨らませる。しかも運の悪いことに、裏地にこすれた包皮が亀頭を覆ってしまい、せっかくの包茎矯正も意味をなさなかった。

「……ああっ」

切なげな声をあげた直後、絵理の視線がナイフのごとく股間を突き刺す。

「あら、どうしたのかしら。大きくなってるみたいだけど……」

「……いやだわ」

亜矢子が回りこみ、失意の表情で告げると、牡の肉はますます隆起していった。紺色の布地は右上方に向かって、勃起の形を派手に盛りあがらせている。萎えさせたくても自分の意思ではどうにもならず、ペニスが痛みを覚えるほど突っ張った。

「さ、パンツも脱いで」

「……は、はい」

恥ずかしくて二人の顔をまともに見られず、俯き加減からブリーフを引き下ろせば、反動をつけて跳ねあがった怒張が下腹をバチーンと叩いた。

(ああっ!)

裏筋にはすでに強靭《きょうじん》な芯が入り、稲光を走らせたような静脈がびっしり浮き立っている。生まれたままの姿、さらには欲情の証をさらけだし、拓也はあまりの羞恥に身をくねらせた。

いたたまれない気持ちから股間を手で隠せば、絵理がすかさず腰を浮かす。

「ちょっ、ちょっと、もっとよく見せて」

「……あ」

手を払われ、充血の猛りが女教師の目と鼻の先でいなないた。

「し、信じられないわ。これが中学生の男の子のおチ×チンだなんて。長さも太さも大人と変わらない……ううん、それ以上……旦那のモノより大きいかも」

熱い吐息が下腹部にまとわりつき、絵理がうっとりした表情で舌なめずりする。

彼女の表情までは視界に入らず、ひたすら俯くなか、それまで口を閉ざしていた亜矢子が寄り添いながら呟いた。

「拓ちゃん、ホントに反省してるの？」

「は、は、反省してます」

「じゃ、どうしておチ×チン、こんなことになってるのかしら？」

「そ、そうよ！　とても反省してるとは思えないわ」

我に返った絵理が身を起こし、上ずった口調で非難の言葉をぶつける。性獣モードに突入したら、牡の淫情はもはや雨が降ろうが槍が降ろうが止められないのだ。

二人の美熟女に逸物を晒したまま、拓也は何も言えずに立ち尽くすしかなかった。

「ビンビンで、先っぽの皮が今にも張り裂けそうじゃない。ホントに悪い子だわ」

「おふっ」

亜矢子の指が肉幹に絡みつき、シュッシュッと軽く上下にしごかれる。先走りの液が鈴口で透明な珠《たま》を結び、一瞬にして生臭い匂いがあたり一面に漂った。

「あらあら……何かしら、これ。先っぽから、変な汁が出てきたわよ」

「はあはあ、はあぁぁっ」

欲情のほむらが全身に飛び火し、脳漿がグラグラと煮え滾る。亜矢子の放つ淫語がさらなる刺激を与え、髪の毛の一本一本まで性欲一色に染めあげられる。

心臓が口から飛びでそうなほど高鳴り、極度の昂奮から全身の筋肉が早くも痙攣を開始した。

「あ、あぁ……も、もう出ちゃいそう」

「だめよ、こんなんでイッたら！　自分がどんな立場に置かれてるのか、よく考えなさい」

「は、はい」

「今日は大人の本気がどんなものか、たっぷり教えてあげる」

「……く、ふうっ」

亜矢子は心なしか声を弾ませ、亀頭冠をつまんでグリグリとこねまわす。我慢汁が透明な糸を引き、鈴口からつららのように垂れ滴った。

「や、やらしいわ」

絵理は瞳を潤ませ、腰をもどかしげにくねらせていたが、相変わらず彼女の表情や素振りは確認できない。

しなやかな指が怒張をもてあそぶ光景を、虚ろな目で見下ろすばかりだった。

「はあはあはあっ」

今では正常な呼吸ができず、厳寒の地に放りだされたかのように身が震える。立っていることすらままならず、少しでも油断すれば、膝から崩れ落ちてしまいそうだ。

「おチ×チン、皮が元に戻っちゃってるわよ。ちゃんと剝いておきなさいと言ったでしょ」

「あ、くっ、くっ」

「ほうら、もうすぐ剝けそう」

亜矢子が指先に力を込めると、生白い皮が雁首で翻転《ほんてん》し、ベージュピンクの亀頭がさらけだされた。

「おふうっ」

甘美な性電流が身を貫くも、美熟女は勃起の根元を指で引き絞り、精液の通り道を無理やり遮断する。

(むはぁ、きょ、今日の叔母さん、エッチすぎるよぉ)

言葉責めも淫らな行為もこれまでとは比較にならず、過激な仕打ちに睾丸の中のザーメンは荒れ狂うばかりだ。亜矢子の淫蕩さは絵理へのライバル心が影響していたのだが、十四歳の少年に女性心理を読み取れるはずもなく、棒立ち状態のまま眼下の淫景を注視するしかなかった。

それまで様子をうかがっていた絵理が再び身を屈め、熱い眼差しを股間の一点に注ぐ。そして溜め息混じりに、負けじと卑猥な言葉をぶつけてきた。

「はあっ、すごいわ……おチ×チン、カチカチじゃない。キンタマも大きくてプリプリして……精子がたっぷり詰まってそう」

「これじゃ、やらしいことばかり考えるのも無理ないわ。いけないおチ×チンには、いやというほどお仕置きしてあげないと」

「そうだわ……私たちが、ちゃんと躾けないと」

目尻に溜まった涙が雫となって滴り、半開きの口から荒い吐息が絶え間なく放たれる。顔が火照り、軽い目眩《めまい》を起こすと同時に心臓の音が自分でもはっきりわかるほど拍動した。

(あぁっ)

絵理がベッドから立ちあがり、マキシワンピースを肩からゆっくり脱ぎ下ろす。

学校ではいつも凛としていた美人教諭が、教え子の前で衣服を脱ごうとしているのだ。反射的に顔を上げ、好奇の視線を向ければ、ニットの生地が足元にパサリと落ちた。

「あ、あ、あ……」

絵理が着用していた下着は、紛れもなくセクシーランジェリーだった。

レースの刺繍を施した漆黒の生地は透過率が高く、地肌がうっすら透けている。

中央に寄り添う柔らかそうな乳丘、くっきりした胸の谷間、蜂のように括れたウエスト。ショーツも同様にフロントの上部がスケスケで、逆三角形に刈り揃えられた恥毛が目をスパークさせた。

(絵理先生って、こんなに……色っぽかったんだ)

人妻熟女のムンムンとした色気に気が昂り、勃起が青龍刀のごとくしなる。視線をまったく外せず、亜矢子がパジャマを脱いでいることすらわからなかった。

絵理は腰に両手をあてがい、扇情的な下着姿を見せつけていたが、なぜか眉をひそめる。

(ん、どうしたんだ?)

衣擦れの音が真横から聞こえ、拓也は横目で様子を探ったと同時に息を呑んだ。

亜矢子もまたセクシーランジェリーを身に着けており、深紅《しんく》の布地が目に飛びこんできたのである。

（あ、あああっ……何、この下着!?）

トップレスブラと呼ばれるブラジャーは乳房の下弦を支えているだけで、乳首はもちろん、乳丘の四分の一が剝きだしの状態だ。

ショーツも布地面積が異様に少なく、逆三角形の小さな布地が女肉をかろうじて隠しているに過ぎない。サイドは完全な紐状で豊かな腰にぴっちり食いこみ、歪みのないY字ラインが思考回路をショートさせた。

みだりがましい美熟女の姿に、昂奮のボルテージがレッドゾーンに飛びこむ。

「亜矢子ったら、なんてやらしい下着を着てるの」

「人のこと言えないでしょ」

二人のあいだで見えない火花がバチバチと飛んだが、拓也は惚けた表情で内股をすり合わせるばかりだった。

脱衣所に忍びこんだ反省や罪悪感は忘我の淵に沈み、堪えきれない淫情が下腹部全体に吹き荒れる。

どんな仕打ちでも受けるし、一刻も早くバラ色の快美を与えてほしい。

心の底から願った瞬間、絵理が大股で近づき、先手を打って肉棒を握りしめた。

「まあ、いいわ。お仕置きをすることが目的なんだから」

彼女は亜矢子へのライバル心を隠そうともせず、キッとねめつけては勃起をしごきたてる。どうやら、より淫らな行為でこちらの心を自分だけに向けさせたいらしい。

美麗な叔母も負けじと寄り添い、亀頭を指でもてあそんだ。

「拓ちゃん、二度と悪さができないように、今夜はたっぷり搾り取るから、覚悟しなさいね」

「はあっ……剝きたてのおチ×チン。袋もこんなに持ちあがっちゃって……一回、出させておいたほうがいいかしら」

「はあはあっ」

かぐわしい吐息と甘ったるい芳香が頰にまとわりつき、喉の奥からいっさいの言葉がでてこない。ただ荒い息を放つなか、美熟女らは言葉責めで少年の性感を煽った。

「続けざまに五回も出したことがあるのよ」

「五回……すごいわ。あたし、もうおかしくなっちゃいそう」

「いつもスケベ汁をたっぷり溜めこんでるから、いやらしいことばかり考えちゃうのよね？」

「あぁン、今日は何回射精するのかしら」

「はあふう、はあぁぁっ」

頭に血が昇りすぎ、情欲の戦慄に鳥肌さえ立つ。ペニスはパンパンに張りつめ、睾丸の中の獰猛な生殖液が出口を求めて暴れまくった。

「いい？　約束して。二度と、あんなバカなマネはしないって。約束してくれるのなら、変態坊やのおチ×チン、叔母さんたちのおマ×コでいっぱいしごいてあげるわ」

「はっ、はっ、はっ！」

「東京に帰ってもよ。おいたをしなければ、今度来たときも、拓ちゃんのおチ×チン、いやというほど泣かせてあげる。わかった？　お返事は？」

「や、や、や、約束しますっ！　絶対に変なことはしませんっ!!」

ふだんより一オクターブも高い声で答えると、絵理が舌で唇をなぞりあげながら腰を落とす。

亜矢子もあとに続き、二人の美熟女の目の前で怒張がヴンヴンと頭を振った。

「キンタマが、すごく熱い。蒸れたいやらしい匂いもプンプンするわ」

絵理はおよそ教師らしくない言葉を放ち、ふたつの肉玉を手のひらでコロコロ転がす。そして唇を窄め、亀頭の真上からとろりとした唾液を滴らせた。

「おっ、おっ、おぉぉっ」

「叔母さんもズル剝けチ×チンに、唾、たっぷり垂らしてあげる」

剛直の両脇から清らかな粘液が垂れ滴り、鉄の棒と化した牡の肉がみるみる照り輝やいていく。

「ふふっ、拓ちゃんのおチ×チン、モジモジしてる」

「先っぽがヌルヌルだわ。出したくて、たまらないのかしら？」

絵理は溜め息混じりに呟いたあと、長い舌を突きだし、裏筋から縫い目に向かってベロンと舐めあげた。

続いて亜矢子が、ペニスの横べりに唇を被せて横すべりさせる。そして片キンを捧げ持ち、張りつめた皺袋を口の中に含んでいった。

「お、ふっ！　はぉぉぉぉッ!!」

魂が吸い取られそうな玉吸いに、背筋を反らして爪先立ちになる。

唇と舌で陰嚢をくちゅくちゅと揉みこまれるあいだに、絵理が亀頭冠をがっぽり咥えこみ、肉筒を喉の奥までズズズッと呑みこんだ。

悩ましげな女教師は、はなからトップスピードで顔の打ち振りを開始する。

鼻の下を伸ばし、頰を鋭角に窄め、腰が持っていかれそうなバキュームフェラだ。

ずぽっ、ずちゅっ、びゅぷっ、じゅぱっ、ヴピピピピっ！

けたたましい猥音が室内に反響し、射精欲求が瞬時にして頂点に導かれる。

「絵理……ずるいわ。私にも」

陰嚢を吐きだした亜矢子が切なげに言い放つや、絵理は口から抜き取ったペニスを逆方向に振った。

（あ、あ……ダブルフェラチオだぁ）

麗しの美熟女が、待ってましたとばかりに男根を口腔に招き入れる。

こちらもヘッドバンギングさながらのスライドで剛槍をしごきたおし、腰部の奥が甘美な鈍痛感に覆われた。

「おおっ、おおっ」

口から放たれるよがり声は獣の呻き声と化し、両足の筋肉が痙攣しだす。二人は交互にペニスを舐めしゃぶり、今度はローリングフェラで苛烈な刺激を与えていった。

（あぁ、いい、気持ちいい、気持ちよすぎるっ）

経験豊富な二人の熟女の口戯に、中学生の男子が耐えられるはずもない。拓也は口をぽっかり開け、か細い声で我慢の限界を訴えた。

「も、も、もう……だめ……出ちゃう」

「だめよ。まだイッたら！」

亜矢子が根元を指で引き絞って咎めるも、絵理の耳には届かなかったのか、怒濤のフェラチオが繰り返される。

「あ、あ、お、おぉぉっ」

肛門括約筋を引き締めて耐えるなか、顔をくしゃりと歪めた少年は惚けた表情で天を仰いだ。

青筋の激しい脈動に気づいたのか、絵理が慌ててペニスを吐きだすも、時すでに遅し。おちょぼ口に開いた尿道から、おびただしい量の一番搾りが噴出した。

「きゃっ!」

黄色い悲鳴は、どちらが発したのかわからない。生命の源は速射砲のごとくビュンビュン放たれ、筋肉ばかりか骨まで蕩けそうな恍惚にどっぷり浸る。

ペニスは十回近く脈動したところで噴流をストップさせ、拓也は虚ろな表情から大きな息を吐きだした。

「はぁぁあぁぁっ」

「もう……拓ちゃん。勝手にイッたら、だめでしょ」

亜矢子に腕を軽く叩かれ、我に返れば、大量射精がよほどの驚きを与えたのか、絵理は目を見開いて愕然としている。やがて憤然とした様子で立ちあがり、ベッドに歩み寄った。

「やぁン……こんなとこまで飛んでる。床もベトベトだわ」

彼女が掛け布団を引きはがすあいだ、意識が朦朧《もうろう》とし、まるで無重力空間の中を漂っているような感覚だ。

「お仕置き、追加しないと」

親友の言葉に亜矢子がクスリと笑い、立ちあがりざま肉棒を摑んでベッド脇まで連れていかれる。

「仰向けに寝て」

「はあふう、は、はい」

指示を受けなくても、これ以上は立っていられない。膝はガクガクし、力がまったく入らない状態なのだ。それでも一回の放出だけでは物足りず、ペニスはいまだに硬直を維持したままだった。

「ちょっと……どうなってるの？　おチ×チン、勃ちっぱなしじゃない」

「言ったでしょ？　連続して五回も出したって。底なしの性欲なんだから」

二人の会話をボーッと聞きながら横たわると、二人の熟女は当然とばかりにベッドへ這いのぼり、亜矢子は下腹部に、絵理は拓也の顔を跨がった。

「布団を汚した罰は、ちゃんとしてもらうわよ。おマ×コ、舐めて」

女教師はショーツの基底部を脇にずらし、女肉を剥きだしにさせる。

秘裂は今やぱっくり割れ、肥厚した二枚の唇は外側に大きく捲れあがっていた。

アーモンドピンクに染まった女芯は蒸れた媚臭を発散させ、とろとろの淫液が会陰にまで滴り落ちる。クリトリスも包皮が剝きあがり、クコの実を思わせる肉芽が誇らしげに芽吹いていた。

花園に群がるミツバチのように女肉の花に吸いつき、無我夢中で舐めまわす。

「あ、ふンっ……そう、おつゆを舌先に絡めて、剝けてるお豆に塗って、突いたりこそいだりするの。ン、ふぅうぅうっ！」

指示どおりに舌を跳ね躍らせれば、ヒップがぶるんと震え、陰核がピンクのモスクと化して突きだした。

「うンっ、ふっ、やっ、あっ、いいっ、拓也くん、うまい、うまいわ。すぐにイッちゃいそう！」

牡の本能の為せる業《わざ》か、うねる舌が女のいちばん感じる箇所をピンポイントで刺激していく。

まだ経験不足とはいえ、絵理と同い年の亜矢子をよがり泣かせてきたのである。このまま、口戯で絶頂まで導いてやろうか。

頭の隅で思った直後、臀部をバウンドさせるほどの快感が股間で炸裂した。

「叔母さんは、拓ちゃんのおチ×チン、いただいちゃうわ」

亜矢子は艶っぽい声で告げたあと、じゅっぽっじゅっぽっと舐めしゃぶったペニスを垂直に立たせる。すかさずヌルッとした感触が宝冠部を包みこみ、強烈な射精欲求が込みあげた。

放出したばかりなのに、ここで暴発したら男の沽券《こけん》にかかわる。顔を真っ赤にして息んだ瞬間、屹立が膣口をくぐり抜け、こなれた媚肉に覆い尽くされていった。

怒張が肉洞をズンズンと突き進み、あっという間に根元まで埋めこまれる。

「ン、はぁぁぁぁあっ！」

亜矢子は尻上がりの嬌声を張りあげたあと、豊満なヒップをゆっさゆっさと打ち揺すった。

「あっ、あっ、いい！　拓ちゃんのおチ×チン、おっきくて硬い‼」

「ぐ、むうっ」

これまでとは比較にならないピストンで、男根がとろとろの膣肉に揉みくちゃにされる。バシーンバシーンと、尻肉が太腿を打つ高らかな音が響き渡り、腰骨が折れそうな圧迫感に息が詰まった。

（あぁ、すごい、すごいよ。いつもの叔母さんと全然違うっ）

顔は絵理の女陰に塞がれ、ペニスは亜矢子の膣内粘膜にこれでもかと引き転がされているのだ。二人の熟女が見せる媚態、そして新鮮な刺激とシチュエーションに翻弄されっぱなしだった。

「ンっ、ぐ、ぐむぅっ」

腰をよじったところで、射精の兆候を察したのか、亜矢子はヒップを浮かし、膣から抜き取ったペニスを手でしごく。

「ひ、いいいいン！」

無意識のうちにクリットをジュッジュッと吸いたてれば、今度は絵理が絹を裂くような悲鳴をあげた。

「むっ、むっ、むうっ！」

青白い火花が脳幹で飛び散り、熱い塊が深奥部から迫《せ》りあがる。亜矢子は猛烈な勢いで、容赦なく男根を嬲りたおした。

「いいわよ。我慢しないで、イッちゃっても。苦しいの、いっぱい出しちゃおうね」

淫語の連発が交感神経を麻痺させ、自制の壁が一気に突き崩される。

（うおぉおっ、イクっ、イクぅうっ！）

身を一直線に伸ばした直後、拓也は性の号砲を高々と撃ちあげた。

「いやンっ、飛んだ！」

「きゃっ！」

二度目にもかかわらず、大量のザーメンを放出した感覚に見舞われる。

白濁液はどうやら絵理の背中まで飛んだらしく、甲高い声が響き渡ると同時に恥骨が前後にわなないた。

「いやらしい変態坊やだわ。尿道に残ってる分は、こうやって絞りだして」

亜矢子は両手で肉胴を根元からしごきあげ、残滓《ざんし》を尿道から搾りだす。

「すごいわぁ。おチ×チン、まだコチコチよ」

「はあふう、はあぁっ」

陶酔のうねりに身を委ねるなか、口元の圧迫感がスッと消え失せた。

「亜矢子っ、交替！　今度は私の番よ！」

女の淫情が堰《せき》を切ったのか、絵理が裏返った声を発して下腹部に移動する。そして大股開きから腰を跨ぎ、ザーメンまみれのペニスを濡れそぼつ恥割れにあてがった。

「あ、あ、やっ、大きいわ……くふうっ」

女教師は顎を突きあげ、眉間に皺を刻んでヒップを落としていく。二枚の肉唇がぱっくり開き、雁首がとば口をにゅるんと通り抜けると、怒張は何の抵抗もなく膣道を突き進んでいった。

「あぁ、信じられない。ホントに硬くておっきくて……血管の浮きでたとこがゴリゴリッて、気持ちいいとこに当たるの……なんて生意気なおチ×チンなの」

「ふふっ。拓ちゃん、よかったわね。憧れの絵理先生とエッチできて」

亜矢子が皮肉めいた言葉を浴びせるも、今はまともな思考が働かない。拓也は全身を痙攣させつつ、虚ろな眼差しを下腹部に向けるばかりだった。

「はあぁぁン……拓也くん、見える？　出たり入ったりするとこ」

絵理は足をこれ以上ないというほど開き、快感を心ゆくまで貪りたいのか、M字開脚の体勢からゆったりしたスライドを繰り返す。

まったりした動きも亜矢子のときとはひと味違う快美を与え、拓也は身を左右によじっては法悦のど真ん中で酔いしれた。

三度目ともなると、この程度のスライドでは射精までには至らない。

それまで結合部を見つめていた亜矢子は添い寝のかたちで寄り添い、美しい容貌と瞳を向け、耳元で甘く囁いた。

「拓ちゃん、気持ちいい？」

熱い吐息が吹きかけられるたびに背筋がゾクゾクし、性感がまたもや上昇カーブを描きだす。

「言ってくれれば、パンツなんていくらでもあげたのに。お仕置きは、こんなものじゃ終わらないわよ。泣いても喚《わめ》いても、許してあげないんだから」

どうやら亜矢子は、絵理の下着目的で脱衣所に侵入したと思っているらしい。

誤解を受けたまま、島を離れるのはあまりにも忍びない。首を横に振ると、美熟女は怪訝な顔から耳を拓也の口元に寄せた。

「ん、何？」

「ま、間違えたんだ。叔母さんのと……ごめんなさい」

「まあ、そうだったの」

亜矢子は一転して顔を輝かせ、唇にキスの雨を降らした。そのあいだも絵理の抽送は熱を帯びていき、怒張が淫蜜でねめり返った媚肉にこれでもかと引き絞られる。女教師はさらにヒップをグラインドさせ、恥骨を猛烈な勢いで前後に振った。

「あ、はあぁぁっ、いやっ、イクイクっ、イッちゃう！　イックぅぅぅっ!!」

大嬌声が耳をつんざいたあと、ヒップがぶるぶると震え、収縮した膣肉がペニスをまんべんなく揉みしごく。

「ぐ、くうっ」

「拓ちゃんもイクみたい」

亜矢子が言い放つと同時に絵理は膣から剛槍を抜き取り、両足のあいだに腰を落としてから肉胴に絡めた指をしゃにむにスライドさせた。

柔らかい指先が、敏感な先っぽと雁首を何度もこすりあげる。背が弓なりに反り、白濁のエキスが輸精管を光の速さで突っ走る。

「おっ、おっ、ぐふうっ！」

拓也は目尻を吊りあげ、歯を剝きだして欲望の噴流をしぶかせた。

「きゃっ、出た、出たわ」

大きな放物線を描いたザーメンは自身の首筋まで跳ね飛び、飽くことなき放出を繰り返す。

「やだわ……三回目なのに、まだこんなに出るの？」

絵理は呆れぎみに呟いたものの、手コキの速度を緩めない。逞しい射精にうっとりした表情を浮かべ、尿管内の樹液を無理やり搾りだした。

「はあふう、はああっ」

至高の放出感に精も根も尽き果て、目をそっと閉じて喘ぐ。女教師はまだ満足できないのか、身を屈め、ザーメンと愛液にまみれた肉棒をベロベロと舐めまわした。

「ふふっ、すごいわ……精子、プルプルしてる」

亜矢子は身体に付着した精液を指で掬って口に含んだが、悩ましい姿は目に入らず、ただ肩で息をするばかりだ。

「拓ちゃん、大丈夫？」

「うっ、ん……あ」

目をうっすら開けると、彼女はいつの間にか顔を跨ぎ、すっかり充血した花びらを見せつけていた。

可憐な女芯に胸をときめかせたものの、さすがに股間の逸物はピクリともしない。

「あぁん、お口でしゃぶっても、大きくならないわ。少し休ませたほうがいいかしら」

後方から聞こえる絵理の言葉を無視し、亜矢子が小さな声で呟く。

「私のパンツ、そんなに欲しかったんだ？」

コクリと頷けば、熟女は菩薩《ぼさつ》のような優しげな笑みをたたえた。

「変態坊やは、汚れたパンツに興味があったのね。お仕置きは、しっかりしないと。

さ、お口を大きく開けて」

言葉の意味は理解できなかったが、とりあえず言われたとおりに口を開ける。次の瞬間、秘裂から覗く肉の垂れ幕がひくひくと蠢いた。

（あ……ま、まさか）

倒錯的な光景が脳裏に浮かび、心臓が早鐘を打ちだす。思わず胸を弾ませた直後、小さな尿道口から透明なしぶきが迸った。

聖なる水が口中をコポコポ満たし、全身に性のパワーがフルチャージしていく。

「亜矢子、あんた、何やってるの？」

「はぁン……おしっこ、飲ませてるの」

「え!?　やぁンっ、嘘でしょ……あ、おチ×チン、また大きくなってきたわ！」

甘露水を胃に流しこめば、愛する人の匂いが五臓六腑に沁みわたった。

「朝まで寝かさないからね。叔母さんのおマ×コで、いやらしいスケベ汁、一滴残らず搾り取ってあげるわ」

「あ、ああっ」

誕生日の最高のプレゼントに、血湧き肉躍る。この世のものとは思えぬ愉悦に、拓也は生きている実感を心の底から味わっていた。

エピローグ

狂乱の宴から二日後、島を離れる日を迎え、帰り支度を整えた拓也は部屋をぐるりと見まわした。

来島したときは不安に押し潰されそうだったが、一年経ったとは信じられない。

(楽しい思い出ばかりだったな。特に……)

やはり、亜矢子との数々の淫らな行為は強烈な印象として脳裏に刻まれている。

童貞喪失から始まり、保健室で経験したシックスナイン、キャンプ場での密会、露天風呂での情事、そして絵理との3Pプレイ。いじめを受けていたモヤシっ子が過激な性体験を重ね、逞しい少年に成長したのである。

背は十五センチ伸び、体重は十キロ増え、浅黒い肌は健康そのもの。精悍《せいかん》な顔つきに、かつてのひ弱な自分は微塵もない。

（いじめてた奴ら、今の俺を見たら気づかないかもな。叔母さんには、ホントに感謝しないと）

夏休みを越してからの著しい成長は、間違いなく亜矢子の存在なしではありえなかった。童貞を捨てたこと、そして大人になったという自信が大きく影響しているのは疑いようのない事実なのだ。

（もしかすると、叔母さん……俺のために、身を投げだして大人の世界を教えてくれたのかも）

一昨日の悩乱姿を思い返せば、自身の性的な欲求を満たしていたとしか考えられなかったが……。

「さてと……そろそろ行くか」

船着場には絵理、潤一郎を始めとするクラスメイトらが見送りに来る予定だ。

（涙だけは、見せないようにしないと。恥ずかしいもんな）

デイパックを背負い、ボストンバッグを手に取ろうとしたところでドアが開き、真美があどけない顔を覗かせた。

「お兄ちゃん」

「やあ」

「伯母さんがそろそろ行くから、呼んできてって」

「あ、そう」

「ホントに行っちゃうの？」

「うん……寂しくなるけど、夏休みにはまた帰ってくるつもりだから」

よくよく考えてみたら、淫らな欲望を真美にぶつけたことが亜矢子との情交に繋がったのだ。

（あのときの俺、どうかしてたんだよな）

今となっては、なぜあんなマネをしたのか、自分でも理解に苦しむ。

「叔母さんは？」

「玄関口で、伯母さんやおばあちゃんと話してる」

「……そう」

寂寥《せきりょう》感が込みあげ、もう一度室内を見回した瞬間、ドアが閉められ、真美がいつもとは違う様子で近づいてきた。

「お兄ちゃん」

「うん？」

「今度、来たときは……」

愛くるしい美少女はいったん言葉を区切ったあと、スカートの裾をつまんでそっとたくしあげた。

(あっ!?)

真美はパンティを穿いておらず、ツルツルの丘陵と簡素な縦筋が目を射抜く。

「ちょっ、な、何を……」

「見せてなかったでしょ?」

「……え?」

「約束したじゃない。お互いに見せ合いっこしようって。私のほうは見せてなかったから」

そんな約束は、すっかり忘れていた。

かわいい従妹は律儀《りちぎ》にも、別れの際に約束を果たしてくれたのだ。

予告なしの振る舞いにドギマギしたものの、拓也は真美が次に放った言葉に天地がひっくり返るような衝撃を受けた。

「夏休みに戻ってきたときは、私もママと同じように気持ちよくさせてね」

なぜ、真美が亜矢子との関係を知っているのか。

(ど、どこかで覗かれたのか?)

キャンプ場か、それとも露天風呂か。いずれにしても想定外の展開に、拓也は総身を粟立たせた。

「お兄ちゃん、行く前に真美のおマ×コ、触って」

美少女は意味深な笑みを浮かべ、恥じらいも見せずに局部を迫りだす。

(だ、ダメだよ。そ、そんなこと……真美ちゃんには絶対に手を出さないって、叔母さんと約束したんだから)

拒絶しようにも、言葉が喉の奥から出てこない。それどころか、視線が自分でも気づかぬうちに少女の恥部に注がれる。

ぷっくりした恥丘の膨らみ、いたいけなつぼみに胸が騒ぎ、堪えられぬ淫情が身体の奥から噴きだした。

穢れなき少女との痴態が脳裏を掠め、新鮮な刺激が牡の本能を揺り動かす。

目を据わらせた拓也は、震える指を真美の女芯にゆっくり伸ばしていった。

◎本作品の内容はフィクションであり、登場する個人名や団体名は実在のものとは一切関係ありません。

美叔母《びおば》と少年《しょうねん》 夏《なつ》の極上《ごくじょう》初体験《はつたいけん》

著者◉星名ヒカリ【ほしな・ひかり】

発行◉マドンナ社
発売◉二見書房
東京都千代田区神田三崎町二-一八-一一
電話 〇三-三五一五-二三一一(代表)
郵便振替 〇〇一七〇-四-二六三九

印刷◉株式会社堀内印刷所 製本◉株式会社村上製本所 落丁・乱丁本はお取替えいたします。定価は、カバーに表示してあります。

ISBN978-4-576-20155-9 ◉ Printed in Japan ◉ ©H.Hoshina 2020